Reiner Gödtel

Der liebe Gott flickt ein Fischernetz in Palermo

Reiner Gödtel

Der liebe Gott flickt ein Fischernetz in Palermo

Reisebriefe an den Sohn

Morstadt Verlag

CIP-Kurztitelaufnahme der Deutschen Bibliothek

Gödtel, Reiner:

Der liebe Gott flickt ein Fischernetz in Palermo:
Reisebriefe an den Sohn / Reiner Gödtel. —
Kehl; Strasbourg; Basel: Morstadt, 1986.
(Edition Morstadt)

ISBN 3-88571-135-4

Verlagsort: Kehl
Gesamtherstellung: Druckerei Morstadt, Kehl
Schutzumschlag: Irene Seiler

Inhalt

„Die größte Sehenswürdigkeit,
die es gibt,
ist die Welt —
sieh sie Dir an!“

Kurt Tucholsky

Lächeln eines Wuschelkopfes
Rückflug aus Israel

Israel, lieber Markus, beginnt nicht mit dem Finger auf der Landkarte, Israel beginnt bei mir im Kopf.

Erst willst Du nicht aufstehen, dann Dir nicht die Zähne putzen, dann nicht aus dem so bequemen Hotel in Tel Aviv, dann nicht durch ‘n Zoll. EL AL — so heißt die Fluggesellschaft, mit der ich von Israel zurückfliege —, ist nicht nur Entführung, ist freundliches Lächeln eines Wuschelkopfes, ist „Fasten seat belt.“ EL AL ist eher Frankfurter Rundschau als FAZ, ist Schalom, ist Guten Tag und Auf Wiedersehen, in vielen Sprachen ist Israel.

G 47 heißt das fast leere Flugzeug — nicht viele reisen nach Israel —, das im Halbdunkel gegen 16.30 Uhr ein Gewackel beim Zurechtrollen auf der Rollbahn vollführt. Der Mann vor mir hat Angst, setzt betont lässig seine Brille auf der Nase zurecht, verlangt früher als alle anderen seinen Whisky.

Dann hoch in der Luft sind die Panzer, die Soldaten mit den entsicherten Maschinengewehren, die unser Flugzeug abgeriegelt haben, vergessen, und ich habe Lust, Dir zu sagen: Oh, wie schön ist Israel (nicht Panama). Israel ist das Land unserer Träume, Israel ist so groß und so schön, und wir fliegen hoch über dem allen hin. Tel Aviv, Markus, ist keine Notlandung und kein Durchstarten. Tel Aviv ist der größte Baum hinter den vielen kleinen Wolken. Nicht wegen der großen blauen Moscheen, nicht weil lebenslange Atomgegner mit an Bord sind, nur einfach so möchte ich mit Dir über Israel reden. — Keine Angst, ich weiß, die blöden Quadratmeterzahlen interessieren Dich nicht, deshalb laß ich sie weg.

Aber ich muß ganz ehrlich sein, Israel ist nicht ganz das Land meiner Träume. Israel ist Stotterbremsen, ist dieses ewige Nichtloslassen, das umständliche Kramen nach Geld, das Danke des Stewards, das Nichtwahrhabenwollen. Israel ist so, wie wir es uns zwischen zwei und drei Uhr nachmittags erträumt haben. Israel ist ein pick in einer gelben Landkarte (Affen lieben Schnee auf den Bergen?). In Eurer Schule geht die eine Uhr manchmal falsch, sagtest Du mir. Vielleicht ist das eine Sabbatuhr, die Juden sagen Schabbatuhr. Sabbatuhren gehen nicht falsch, die stehen nur auf dem Sonnenuntergang des nächsten Freitages, da beginnt der Sonntag der Juden.

Dein Bär, lieber Markus, stolpert über eine Wurzel, glaubt, es sei Totensonntag oder so etwas Ähnliches oder Allerheiligen oder Buß- und Bettag! Israel ist koscheres Fleisch, Israel ist kein lupfiges Mädchen. Israel ist Haifa, ist auch Jerusalem, Jericho, Bethlehem, ist Exportbier. Die Stimme, die mich plötzlich erschreckt, ist die des Kapitäns, der über Mikrophon spricht, und er sagt: noch 20 Minuten. Komm lach mir Dein Herz in die Backe, Israel ist so leicht wie das Boot, das dort unten auf den Wellen schaukelt, ist so leicht wie das Meer, Israel — ist doch unser Panama!

Doch zurück zu den Juden: Moses brachte die Juden über das Tote Meer nach Israel, ins heilige Land, ins gelobte Land. 70 Jahre nach Christi Geburt — Jesus wurde von den Juden nicht als Messias anerkannt, sondern mit 33 Jahren hingerichtet, an ein Kreuz gehängt, bis er tot war, und so warten sie noch heute auf den Sohn Gottes —, also 70 nach Christi, wurden die Juden aus ihrem Land vertrieben. Sie kamen in römische Gefangenschaft und ihr Heiligtum, der große siebenarmige Leuchter, die Menorah, wurde aus dem zerstörten Jerusalem nach Rom gebracht.

Eine gewaltige Nachahmung steht jetzt als Mahnmal vor dem israelischen Parlament, der Knesset.

Von Land zu Land wurden die Juden vertrieben. Sie kamen nach Babylon, nach Ägypten. Später nach Europa, Rußland, Amerika. Die Mohammedaner erlaubten den Juden alle Berufe, aber wir, die Christen, verboten ihnen einen Beruf nach dem anderen, bis sie oft nur noch Geldverleiher sein durften. Und das, oder besser gerade, weil die Juden in vielen Berufen Überdurchschnittliches leisteten. Viele Juden, die ganz berühmt wurden, wirst Du kennenlernen: die Maler Liebermann, Marc Chagall, Lipschitz, die Philosophen Karl Marx, Martin Buber, Chaim Weizmann, Theodore Herzel, die Staatslenker Ben Gurion und die große alte Frau Golda Meir. Den Nobelpreisträger für Literatur 1978 Isaak Singer oder einen der wichtigsten Gelehrten der Frühzeit überhaupt, den Arzt, Philosoph und Staatsmann Maimonides.

Wer mehr kann und mehr verdient, zieht sich immer den Neid der anderen Menschen zu. Die Juden waren „schuld" an der Pest, an der Reformation und auch an der Gegenreformation (weshalb leider unser Martin Luther ein schlimmes Buch über sie schrieb: Von den Juden und ihren Lügen). Sie waren überall die Brunnenvergifter und wurden von einem Land ins andere vertrieben: Ägypten, Spanien, Italien, Deutschland, Türkei, Polen. Zunächst wurden sie nur in Ghettos, in besonderen Stadtteilen, isoliert (das erste Ghetto entstand 1640 in Italien), später hat man sie in Gefängnisse gesperrt, sie gezwungen, ihren Glauben zu verleugnen (Maranos heißen Juden, die gezwungen wurden, Christen zu sein, heimlich aber Juden blieben).

Juden sind aber ganz normale Menschen, die viele Fehler machen. Sie müssen nämlich nicht wie wir 10 Gebote, sondern gleich 571 halten. Und wenn Du Dir vorstellst, wieviel Schwierigkeiten wir schon mit unseren 10 haben, kannst Du Dir denken, daß sie oft ins Fettnäpfchen treten.

Die Geschichte der Juden seit ihrer Vertreibung aus Jerusalem bis in die Gaskammern von Auschwitz ist ein einziges Martyrium, und man fragt sich, so wie man heute in der Kriminalistik nach der Schuld des Opfers sucht, inwieweit die Juden durch ihr Verhalten selbst schuld an dieser fürchterlichen Verfolgung sind. Ich glaube nicht an einen Fluch oder an ein unheilvolles Schicksal. Oft sehen wir halt nur die Wirkung, und es ist uns zu unbequem, nach der Ursache zu suchen. Im Beth Hatefuthsoth Museum in Tel Aviv hat man in sehr einprägsamer, aufwendiger Form mit vielen Dokumenten und Filmen das Leben, Gefoltertwerden, die Vernichtung und die vielfältige Wiederauferstehung des jüdischen Volkes dargestellt, und ich empfand das fast jauchzende „aliah" — das „Hochkommen nach Israel" — nicht als Hochmut", sondern als berechtigten Stolz. In dieser riesigen Multimedia-Schau fühlte ich zum erstenmal tiefes Mitleid mit diesem Volk, das von den verschiedensten Ländern gerufen wurde, diesen zu Höchstleistungen durch Geist und Handel verhalf, dann aber, als das Ziel erreicht war, wie Abfall behandelt wurde. Neid ist die zerstörerischste Eigenschaft des Menschen. Neid macht viele zu Mördern. Aber weder Opfer noch Täter lernen dazu. Spanien z. B. erlebte seine Blütezeit mit und durch die Juden. Im Jahr der Ausschiffung von Kolumbus 1493 hat Spanien den Vertrag mit den Juden gebrochen, sie des Landes verwiesen, verfiel selbst und erreichte im Laufe der Jahrhunderte nie mehr eine solche Blütezeit.

Es stimmt schon, Israel ist anders. Israel ist ein Land voller Kontraste auf engstem Raum. Auf Schritt und Tritt findet man historische und archäologische Kostbarkeiten, die uns von der Bibel her vertraut sind. Aber auch lebensfrohe moderne Städte, herrliche Strände zum Baden am Mittelmeer, am Roten Meer, am Toten Meer oder am See Genezareth. Mitten im Winter kann man dort baden.

Vor 4000 Jahren begann Israels Geschichte mit der Aufforderung Gottes an Abraham: „Geh aus deinem Vaterland und von deiner Freundschaft aus deines Vaters Haus in ein Land, das ich dir zeigen will." Und Du weißt, Moses führte das Volk Gottes 40 Jahre lang durch die Wüste. Bis sie endlich dort hingelangten, wo heute Israel liegt. Und es ist schon ein eigenartiges Gefühl, auf den Spuren Jesus Christus zu wandeln. Den Ölberg zu sehen oder den Weg zu laufen, den

Jesus nach seiner Verurteilung mit dem Kreuz auf dem Rücken durch Jerusalem ging, die Via Dolorosa. Die Stelle zu sehen, an der er endgültig unter der Last des Kreuzes zusammenbrach und Simon das Kreuz weitertragen mußte. Oder die herrliche Sicht vom Skopusberg hinein nach Judäa bis zum Toten Meer, dem tiefsten Punkt der Erde. Du erinnerst Dich an Nazareth, wo der Erzengel Gabriel Maria die göttliche Botschaft der Geburt ihres Sohnes überbrachte, oder an Tiberias am Ufer des See Genezareth. Oder an die Synagoge von Kapernaum, wo Jesus Mission begann. Und über dem See der Berg der Seligpreisung, der Ort der Bergpredigt. Oder auch südlich von Haifa Cäsarea, welches der König Herodes zur Hauptstadt des römischen Palästina machte. Und, und, und . . . Viele Seiten könnte ich vollschreiben, ein ganzes Buch, und hätte immer noch nicht alles geschrieben.

Die Überlebenskraft der Juden, ihr Überlebenswille besonders in den Notzeiten des Exils, ist unerschöpflich. Und die Juden haben uns gegenüber einen ganz großen Vorteil: Wir haben unseren Messias hinter uns, die Juden warten noch auf ihn, hoffen noch, erwarten jeden Tag die Erlösung. Diese messianische Erwartung resultiert aus dem „Prinzip Hoffnung", wie es Ernst Bloch formulierte. Und die Juden haben nicht nur eine individuelle, sondern auch eine kollektive Hoffnung. Die Hoffnung auf Auferstehung der Volkes.

Immer wieder stellen wir den Juden die Frage, wieso Jesus Christus gerade durch sein jüdisches Volk verworfen wurde. Haben die Juden in der Hoffnung auf den Kommenden den Gekommenen verpaßt? In dem Buch „Stimmen aus Israel“, welches mir der deutschschreibende Schriftstellerkollege Meir Faerber in Tel Aviv schenkte, lese ich die durch Martin Buber überlieferte kleine chassidische Geschichte: „Zur Zeit, da Rabbi Menachem im Lande Israel wohnte, ereignete es sich, daß ein törichter Mann, ohne bemerkt zu werden, den Ölberg bestieg und vom Gipfel aus in die Schofarposaune stieß. Im aufgeschreckten Volk sprang die Kunde um, dies sei das Schofarblasen, das die Erlösung verkündigt. Als das Gerücht zu den Ohren Rabbi Menachems kam, öffnete er das Fenster, sah in die Welt hinaus und sprach: ‚Da ist keine Erneuerung!‘

Die Antwort der Juden also auf das Angebot des Evangeliums: Es ist keine Erneuerung in der Welt. Und wir Christen sind auch nicht konsequent. Wir beten ja auch weiterhin wie die Juden: „Dein Reich komme.“ Die Möglichkeit der Erlösung der Einzelseele inmitten einer chaotischen Unerlöstheit ist für das kollektiv denkende Judentum kein nachvollziehbarer Gedanke. Aber auch wir Christen haben nach dem Opfergang Jesus gesehen, daß die Welt unerlöst geblieben ist und setzen daher unsere Hoffnung auf die Wiederkehr Jesus.

Die Nationalhymne Israels heißt Hatikwa, die Hoffnung. Der Refrain lautet: Noch ist unsre Hoffnung nicht geschwunden, die zweitausendjährige Hoffnung, ein freies Volk im eignen Land zu werden, im Lande Zion und Jerusalem.

Das Dröhnen im Kopf sagt mir, daß wir zur Landung in Frankfurt ansetzen. Und auch dort ist noch einmal Israel. Dieses freundliche Lächeln des Wuschelkopfes beim Verlassen des Flugzeugs und die sechs Kettenfahrzeuge, das Dutzend Soldaten mit Maschinengewehren, die sternförmig unser Flugzeug umstellt haben. Und etwas, was ich noch nie auf einem Flugplatz gesehen habe, ereignet sich jetzt: Der freundliche Wuschelkopf und zwei Stewardessen schreiten selbstsicher mit dampfendem Kaffee und belegten Brötchen die Gangway hinunter, begrüßen jeden einzelnen dieser Soldaten, die plötzlich aufgelockert zurücklächeln, ihre Maschinengewehre vergessen und dankend den kleinen Imbiß entgegennehmen.

Der lange Weg zur Demokratie
Mit Verspätung nach Athen

Griechenland, lieber Markus, beginnt nicht mit den Göttern, nicht mit Apoll, Polineikes, Griechenland beginnt mit einer Stunde Verspätung.

7 Uhr 03, ich sitze im Frankfurter Flughafen, weit und breit kein Mensch, der wie ein Gott aussieht. Im Gegenteil. Stummelfüße. Ab und zu eine Rolex. Lampenfieber auf der Stirn. Unsere Kuchenauswahl finden sie auf dem Servierwagen. Die Kinder sagen Papi, die Frauen sagen tschüß. Achillesferse. Die Zitrone ist auch nicht frischer als sonst.

Viele geben sich als Hauptdarsteller in ihrer Einsamkeit. Manche gehen ins Kino. Einige sehen aus wie Männer, als das Leben noch Männersache war. Die meisten sind müde. Müde vom langen Warten. Ein x-beliebiger Mann steht plötzlich auf, bestellt einen doppelten Scotch, geht zum Fenster und blickt hinaus. Es sieht alles aus wie immer, und er glaubt an seine Chance. An eine Säule gelehnt eine Zuckerpuppe, die laufend an ihren Haaren herumdreht und an ihren Kleidern zupft. Ihr Angelhakenblick verfängt sich an dem Mann, der zum Fenster hinausblickt. Der Lautsprecher sagt noch 2 Stunden Verspätung, weil die rückwärtige Tür noch geklemmt hat.

Eine Hostess drückt mir eine Bröschüre in die Hand: Der lange Weg zur Demokratie. Gut, ich lasse mich breitschlagen und lese: 8 Millionen Einwohner, Salz und Sandwinde, Konstantinos Karamanlis rettet die Akropolis. Neue Überschrift: Sozialkonflikte. So ein kleines Agrarland mit seinen veralteten Strukturen in einen modernen Industriestaat umwandeln. Und daß Athen die höchste Umweltverschmutzung aller Hauptstädte der Welt hat. Die Seismographen im Nike-Tempelchen haben es bewiesen. Schon die von Düsenflugzeugen ausgelösten Schallwellen führen zu Säulenverschiebungen. Sparsamkeiten am falschen Fleck.

Neben schönen Bildern steht: Die Scheinwerfer, um die Akropolis anzustrahlen, sind da. Aber die Leitungen sind defekt. So bleibt sie eben dunkel. Vielleicht wichtig für später: Die Museumswärter, die 500.-DM pro Monat verdienen, streiken, weil ihnen 80 Pfennig mehr nicht gewährt werden. Da sagte doch Picasso: Wenn man eine Frau liebt, nimmt man kein Instrument, um ihren Körper zu messen. Manche Daten müsse man sich schon merken, z.B. Salamis 480 vor: Seeschlacht, gewonnen gegen die Perser.

Aber jetzt weg damit! Was das Allerwichtigste ist, lieber Markus, laß Dir durch die Geschichtsbücher und die Schule den Blick nicht verstellen. Den Beinamen „der Große“ erhielt ein Führer/

König/Feldherr nicht weil er groß war, sondern weil er besonders viel Land eroberte und andere Völker in sein Reich eingliederte. Die Weltherrscher, denen die Geschichte „einzigartige Leistungen" bescheinigt, brauchst Du nicht zu bewundern. Die waren nicht groß, sondern schlicht und einfach krank. Vermutlich hatten ihre Mutter und ihr Vater sie nicht lieb genug gehabt.

Aber zur Hauptsache. Haben die Griechen wirklich die Demokratie erfunden? Ist die griechische Kultur ein Fixstern in Platons metaphysischem Himmel? Die Urzeit griechischer Geschichte liegt so weit zurück, daß uns leider nur die Archäologie informieren kann. Die Kultur, die vor 5 000 Jahren, also zur Steinzeit, im griechischen Raum war, bezeichnet die Wissenschaft als ägäische, und Homer nennt diese Urgriechen Archäer, ihren König Agamemnon. In Knossos auf Kreta baute der sagenhafte König Minos die minoische Kultur, auf dem griechischen Festland, in Hellas, zeugen die Monumentalbauten von Tiryns und Mykene (dort steht das bekannte Löwentor) von der helladischen Kultur der Bronzezeit.

Ja, mein Lieber, Kultur gab es noch und noch. Aber auch viel Unruhe und Kriege. Gefährdung des Menschen durch den Menschen von Anfang an. Die indogermanische „Wanderung", der Trojanische Krieg, die vielen Kriege mit den Persern und schließlich die Kriege untereinander.

Es ist offenbar eine Hauptbestimmung des Menschen in gewissen Abständen, alles was mühsam aufgebaut und erarbeitet wurde, wieder zu zerstören. Ein schwerkranker Patient wird geschminkt, das Wundenlecken hat zu unterbleiben. Es gibt immer noch Wörter, die verboten sind. Für mich ist das Trojanische Pferd ein Juckpunkt, ein Nadelkissen, auch heute noch. Manches kaputte Gesicht gehört ans Gängelband und nicht ins Konversationslexikon. Schon während Du Dein erstes Geld für eine Griechenlandreise sparst, lies Deinen Homer, dann lies Rosen für Apoll und pack Dir den Blauen Führer in den Koffer.

Demokratie ist zwar eine Erfindung der alten Griechen, aber wir dürfen nicht vergessen, daß diese Freiheit auf Sklaverei aufgebaut war. Homer und etwas später Hesiod, die so acht- bis neunhundert Jahre vor Christi Geburt lebten, beklagten sich bitter über die ungerechten und oberflächlichen Urteilssprüche der Könige und Anführer, sprich Großgrundbesitzer. Es war nicht alles eitel Sonnenschein im alten Griechenland. Klagte doch dieser Dichter Hesiod schon: „Welch Unglück, in diesem ehernen Zeitalter der fünften Rasse anzugehören, wäre ich doch nur früher oder später geboren!"

Aber die armen und unterdrückten Griechen waren klug. Sie schlossen sich zusammen (der

Anfang jeder Änderung!) und boten den Mächtigen die Stirn. Und die Mächtigen waren klug und, wenn man so will, menschlich. Solon hat im frühen sechsten Jahrhundert die Grenzsteine herausgerissen und untersagte die Verhaftung zahlungsunfähiger Schuldner.

Es gab viele große Griechen. Immer wieder rannten Dichter und Philosophen gegen das militärische Ideal von totaler Männlichkeit, gegen die Unterdrückung der Sklaven und Frauen an. Eine Kurtisane schneidet sich die Zunge ab, um nicht reden zu müssen, Sinnbild der unbesiegbaren Standhaftigkeit.

Griechenland ist Lysistrata (von Aristophanes), wo die Frauen ihre Männer durch Verweigerung der ehelichen Freuden zwingen, Frieden zu schließen. Griechenland ist deus ex machina, der Gott, der aus der Flugmaschine kommt, mit dem Euripides kurzerhand seine Konflikte löst. Oder das Ringen und der Wahn des Menschen vor dem Walten der Götter, die allerdings ganz menschliche Fehler haben, ist so groß, daß es Frevel wäre, die von ihnen gesetzten Grenzen zu überschreiten. Sätze, die Jahrhunderte und Jahrtausende überdauern werden, wurden gesprochen. „Nicht mitzuhassen, mitzulieben bin ich da", wagt Antigone einem Gott zu erwidern und wird lebendig begraben. Sophokles läßt die Schuldfrage schon gar nicht mehr aufkommen. Er läßt seinen Ödipus, den Vatermörder, der mit seiner Mutter in Blutschande lebt, mit unbeirrbarem Wollem gegen die unberechenbare Macht des Schicksals prallen. „Erkenne dich selbst." Und welche Frauen: Elektra, Iphigenie, Helena. „Für ein Weib der Untergang eines ganzen Volkes", sagt Agamemnon bei Aischylos.

Und welche Männer: Odysseus, Achilles, Orest. Männer, die ihren freien Willen der göttlichen Ordnung gegenüberstellen, die scheitern, die siegen. Die griechischen Satyrspiele, die Komödien und vor allem die Tragödien eines Aischylos, eines Sophokles, eines Euripides enthalten so viel alle Zeiten überdauerndes Menschenschicksal, daß sie noch heute gespielt werden. Hat sich auch die Perspektive geändert, die Fäden der griechischen Philosophie der Weltauslegung, der *theoria,* laufen bis in den Brennpunkt modernster Fragen. Philosophie ist keine Geheimwissenschaft von wenigen Gelehrten, mein Lieber, sondern heißt, die Natur der Dinge zu erforschen, heißt, Fragen nach dem Was, Wie, Warum des ganz alltäglichen Lebens zu stellen. Philosophie heißt, den Wissensdurst in Löschgut zu verwandeln.

Thales von Milet konnte bereits die Sonnenfinsternis vom 28. Mai 585 vor Christi vorhersagen!

Am Nächstliegenden erforscht der „Räteschmied" Heraklit den verborgenen Sinn, indem er das

Apollon-Tempel von Korinth, eines der ältesten Heiligtümer Griechenlands

Gesetz *(logos),* das aus allem Eins und aus einem Alles macht, in den Mittelpunkt seines Denkens stellt. Luft, Wasser, Feuer, Erde: Urstoffe der Welt.

Für Pythagoras von Samos war die Welt ein Kunstwerk der Natur, dessen Urbild der wohlproportionierte schöne Körper des Menschen war. Am Beispiel der Musik zeigt er die allen Dingen innewohnende Ordnung, die Harmonie.

Mein lieber Markus, es gibt nichts, worüber die Griechen nicht nachgedacht haben: Anziehung und Abstoßung. Materie und Geist, Licht und Nacht, Ursache und Wirkung, Zufall und Götterwillen, die wirbelnde Bewegung der Atome im Leeren, Liebe und Streit. Protagoras sagte: „Aller Dinge Maß ist der Mensch."

Und einer der größten Athener, Sokrates, bekannte am Ende seines Lebens: „Ich weiß, daß ich nichts weiß." Gelassen nimmt er den Beschluß im Scherbengericht der Volksversammlung an und trinkt den Schierlingsbecher aus. Philosophieren heißt: sterben lernen. Ein unwiderlegbarer, unwiderstehlicher Mann, dessen Tod nicht umsonst war. Seinem Schüler Platon verdanken wir die schriftliche Überlieferung seiner Philosophie in der bekannten Frageform. Platon selbst fingiert die Rolle vom Gesprächspartner, erfindet nachfragende Kürzel, wirft den politischen Stachel ab, der Sokrates das Leben kostete, und er zeigt uns, wieso dieser unvollkommene Mensch an der Vollkommenheit teilhaben kann: Der *eros* setzt die *psyche* in Gang, aktiviert sie zur Wiedererinnerung der Ideen: Freiheit der Seele, Idealbild des Menschen, Idealbild des vollkommenen Staates.

Auch Platon hatte wieder einen berühmten Schüler, der hieß Aristoteles. Dieser sieht die wahre Ursache der Dinge nicht im Anfang, sondern im Ziel. Sein Problem ist die Beziehung zwischen Idee und Erscheinung, zwischen Allgemeinem und Besonderem. Aus seinem *dynamei on,* dem In-Möglichkeit-Sein des Stoffs, werden (bis heute!) Ideen, Spekulationen, Lehren abgeleitet. Dann folgen viele philosophische Richtungen, deren Vertreter ich Dir nicht alle aufzählen kann, die Skeptiker, die Stoiker, die Epikureer, die Neuplatoniker, und schließlich wie immer der Untergang.

Die Griechen hatten viele Götter, und die waren miteinander verwandt, liebten sich, zankten sich, zeugten Kinder, waren schön und häßlich, mutig oder feige. Die griechischen Götter waren Übermenschen, die Lust und Schmerz, Freude und Enttäuschung, Sieg und Niederlage erleben konnten. Vornehme Leute legten sich einen mythologischen Ahnen zu, einen Gott oder, eine Nummer kleiner, einen Heroen.

Aber nicht daß Du meinst, die alten Griechen hätten diesen ganzen Hokuspokus ernst genommen. Bereits im 5. Jahrhundert vor Christi war man sich bewußt, daß die Mythologie eine Erfindung der Dichter war. Diese Umsetzung von Dichtung in die Bildform ist eine der größten Leistungen der griechischen Kultur.

Mittelpunkt des gesellschaftlichen, politischen, wirtschaftlichen und kulturellen Lebens war die *polis*. Es galt als selbstverständlich, daß jeder Leistungen für die Gesellschaft zu erbringen habe. Je wohlhabender einer war, um so mehr Verpflichtungen für das Gemeinwesen hatte er. Das Verhältnis zwischen Bürger und Staat war offenbar optimal. Aber die alten Griechen waren auch ehrgeizig und neidisch. Deshalb gab es auch Bestechungen und falsche Beschuldigungen. Es gab sogar Denunzianten, die davon lebten, andere anzuschwärzen.

Im Lesen und Schreiben wurden nur die Knaben unterrichtet. Sie mußten Gedichte lernen und singen lernen. Und sie mußten sehr viel Sport treiben. Zur moralischen Ertüchtigung, zur Charakterbildung. Wenn Du zum erstenmal tausend Meter läufst, wirst Du feststellen, daß das gar nicht so abwegig ist.

Über den Lautsprecher ertönt eine Stimme, die sagt, daß man alles mit normalen Maßstäben messen müsse und daß wir einen ganz gewöhnlichen Horizont sähen. Der Ausgang Richtung Süden sei nur vorübergehend verwehrt. Ein Mann brummelt vorwurfsvoll etwas von „Urbanisierung im Fleischwolf"; der Mann, der den doppelten Scotch bestellt hatte, nähert sich der Zuckerpuppe und überrascht die mit dem Satz: „Wir sind alle Versuchskaninchen, auf der Startbahn haben sie ein Plutoniumbaby gezündet." Sie versteht nicht , läßt ihn abblitzen. „Das ist eine ganz andere Art von Freiheitsbegriff", lallt er, „das ist eine überlappende Orientierungslosigkeit." Wie ein artistischer Vortänzer schlängelt sich ein Flugkapitän mit seiner Crew durch die wartende Menschenmenge. 9 Uhr und 9 Minuten, die rückwärtige Tür klemmt nicht mehr. Achtzehn Sekunden, um hunderttausend Tonnen zu heben. 1808 km bis nach Athen. Hinter dem rechten Flügel ist Darmstadt zurückgeblieben, die Stewardess sagt ogottogott, meint nicht Zeus, hat Seifenblasen am Popo, der Steward gibt Pfötchen, hat die vergammelten Brötchen vom Montag noch im Dienstag-Jackett. Abends gäbe es Pfanni auf der *plaka.* Alle lachen. Der Mythos vom Schlangenkönig. Die Rückkehr der Herakliden. Peisistratos und seine Söhne. Der lange Weg zur Demokratie.

Das Absacken, das Japsen nach Luft, das Ungewisse: ob ja, das Licht von rechts, das Meer, du bist verrückt, die Stirn dröhnt, die Ohren sind zu, Flügel, hat die ein Jet? Eine Boeing ist doch ein Flugzeug, Kopfsteinpflaster, dann rollt es aus, Athen.

Den Ölbaum erhielt die Stadt als Geschenk von Poseidon, den Weinstock von Dionysos. Heute liegt sie 5 km von der Küste des Saronischen Meeres. Die erste wirtschaftliche und kulturelle Blüte hat die Stadt Peisistratos und seinen Söhnen (561—510 vor Christi) zu verdanken. Bald darauf schlugen es die Perser kurz und klein. Aber die beiden Prachtgriechen Themistokles und Perikles bauten es wieder auf, polierten die Akropolis auf Hochglanz. Viele Forscher sind sich darin einig, daß das Athen dieser Zeit, wenn man Kultur nicht allein nach Bequemlichkeit und technischem Fortschritt mißt, mit Abstand die kultivierteste Gesellschaft war, die es jemals gab. Aber wie das so ist im Leben: Der eine stellt die Bauklötze auf, der andere schmeißt sie um.

Nach dem Peloponesischen Krieg gegen Sparta ging‘s endgültig „die Bach enunner“. Ab der Mitte des zweiten Jahrhunderts vor Christi war Athen nichts weiter als eine kleine, unbedeutende römische Provinzstadt. Abermalige Zerstörung durch die Heruler, Plünderung durch Alerich, türkische Fremdherrschaft. Vor 150 Jahren zählte Athen noch ganze 1800 Einwohner. Aber dann, wie könnte es anders sein, nahmen sich die

Deutschen der Sache an. Nach Karlsruher und Münchner Schachbrettmanier zeigten deutsche Architekten denen mal, wie gebaut wird. Die winkligen Basarstraßen und Sackgassen im orientalischen Grundriß haben sie wohl übersehen, und so blieb den Athenern und uns die lebendige, geliebte Altstadt, die *plaka,* erhalten. *kalimera, garson, tzatzika, mousaka* und eine Karaffe *retzina.*

Ich lehne mich zurück, grüble und schmunzele zugleich über das sogenannte Mündigwerden der Massen, das schon sooft die letzte Runde einer Kultur eingeläutet hat, grüße Dich, mein Sohn, von den Duzfreunden der Götter.

Skorpion ohne Stachel
Marokko

In jedem Land, lieber Markus, gibt es Dinge, die es in anderen nicht gibt. Aber in Marokko sind das außergewöhnlich viele: Heiratsmärkte, Wasserverkäufer, Schlangenbeschwörer, eingeschlafene Kinder im Mutterleib, 7jährige Bräute, in Lehmritzen lauernde Skorpione, tote Kinder im Turban des Vaters, Narrenfreiheit auf dem Platz der Geköpften.

In Marokko hält der Riese Atlas die Erde, in Marokko liegt das kalte Land Sahara, in dem es tagsüber sehr heiß werden kann. In dieser Wüste behauptet sich seit 5 Jahren ein Staat im Staat, die Polisario, erfolgreich gegen die modern ausgerüstete, aber lustlose und korrupte Armee von König Hassan II.

In diesem Land, in dem man nach der Geburt eines Jungen rauschende Feste feiert und die Geburt eines Mädchens als bedauerlichen Vorfall hinnimmt, tragen alte Frauen schwere Lasten auf Kopf und Rücken, trotten hinter einem müden Esel her, auf dem ihr Herr und Gebieter thront. Nicht weit davon kannst du aber auch die flotte junge Marokkanerin in Jeans und Bikini mit wehendem Haar im 2 CV sehen, die demnächst an einer europäischen oder amerikanischen Universität studieren wird.

Marokko, da ist kein Leben in Zahlen. Da ist kein Alkohol. Die Männer sitzen in Scharen morgens, mittags, abends auf den Terrassen der Cafés, in ihre wollene Kutte, die Djellaba, gehüllt und trinken ihren Minztee. Die verschleierten Frauen laufen durch die Straßen, Allahu a'lam, Gott weiß wohin. Die paar herausgeputzten jungen Müßiggänger, die Whisky trinken, gelangweilt in Bars und Discos herumstehen und amerikanische Musik hören, sind nicht Marokko. Sie sind genauso eitel und so hohl wie unsere geschniegelten Popper. Geht man auf die Toilette, sollte man sich Papier mitnehmen, denn die Araber sind es gewohnt, sich mit den Fingern der linken Hand, der schmutzigen Hand, zu säubern.

Marokko ist wirklich noch ein Land wie aus dem Bilderbuch, die Menschen kommen direkt aus Tausendundeiner Nacht. Inch'Allah — wenn Gott will — ist kein stumpfes Ergebensein, sondern ichbezogenes Eingebundensein in die Allmacht der Schöpfung. Man verletzt den anderen nicht mit einem barschen Nein, sondern vertröstet ihn auf ein Vielleicht-morgen.

Einige von den vielen Namen, die dieses Land hat: „Der westlichste Eckpfeiler des Islam",

„Die Insel des Westens“, der Maghreb-el-aqsa, umschlossen von Mittelmeer, Atlantik und Sahara, das Mauretanien der alten Römer, „Das Land der Gegensätze“.

Das älteste uns bekannte Volk Nordafrikas sind die Berber, die Grundbevölkerung Marokkos, die jedoch heute weitestgehend arabisiert sind. Trotzdem haben sie viele ihrer Eigenschaften behalten. Zum Beispiel glauben die Atlasberber weiter an die Baraka, eine segensreiche göttliche übernatürliche Kraft, an den ewigen Kreislauf der Natur. Eine berberische Schrift existiert heute nicht mehr. Bedeutende Berber waren Augustinus, Ibu Klaldun, Hannibal, Septimius Severus. Es gibt heute etwa 300 Berberstämme, die meistens in Großfamilien zusammenwohnen. Zwar haben nur die Männer Stimmrecht, jedoch sind sonst die Rechte der Frau größer als bei den Arabern. Dafür müssen sie aber auch mehr arbeiten. Die Berberfrauen sind nicht verschleiert, ihre Gewänder sind bunter und einfallsreicher. Die Männer tragen den naturbraunen Burnus.

Der arabische Name barbar geht vermutlich auf das griechische barbaros = fremdsprachig zurück. Während das Wort barbarisch im Deutschen eine abwertende Kennzeichnung im Sinne von roh und ungebildet erhielt. Die Berber selbst nennen sich imazirhen = freie, edle Männer.

Die Nomaden der Sahara und die Halbnomaden des mittleren Atlas wohnen in schwarzen Zelten, den khaima, die oft aus Ziegenleder gemacht sind. In der steppenähnlichen Meseta findet man flache Lehmhäuser. In den Tälern stehen zum Schutze vor Überfällen gebaute Wohnburgen, die Kasbahs. Das sind mehrgeschossige, verzwickte, mit Ecktürmen versehene Fluchtburgen, in denen Berberfürsten mit mehreren Familien wohnen.

Ursprung und Alter des Berbertums sind nicht sicher feststellbar. Man weiß jedoch, daß die Urbevölkerung der kanarischen Inseln, die Guanchen, berberischer Abstammung sind.

Marokko hat zwar neben hohen Gebirgen (Hoher-, Mittlerer-, Anti-Atlas und Rif) und Wüste auch fruchtbares Land, wo Orangen, Zuckerrüben, Wein, Baumwolle, Gemüse wachsen, doch der Reichtum der Zukunft wird der Tourismus sein.

Doch der Tourismus wirkt sich nicht nur positiv auf die Entwicklungsländer aus. Ich sehe da sehr viele Nachteile. Der moderne Massentourismus schafft keineswegs so viele Arbeitsplätze, wie man glaubt. Oft ist Arbeit nur für eine relativ kurze Urlaubssaison gegeben, und bleiben die Touristen einmal aus — so warfen die anderen arabischen Länder schon vor 20 Jahren der tunesischen Regierung vor —, dann bleibt ein Heer von Menschen zurück, das nichts gelernt hat, als anderen Wein einzuschenken. Die Reiseveranstalter machen zu gerne die Regierungen der Entwicklungsländer zu ihren Komplicen. Durch den angeblichen Anschluß an die westliche Zivilisation werden die wirklichen Bedürfnisse der Einheimischen kaum befriedigt. Was nützt denen der hohe Lebenskomfort in den Luxushotels, wenn sie zu Hause nicht einmal Wasseranschluß haben? Was nützen denen die Prachtstraßen vom Flughafen zu den großen Hotels, wenn sie nicht wissen, auf welchem Weg sie ihre karge Ernte in die nächste Stadt bringen sollen? Meist erfolgt der Ausbau der Infrastruktur nur zum Vorteil der Touristen und orientiert sich nicht an den Wünschen der Einheimischen. Mein Lieber, man muß alle Probleme von mehreren Seiten ausleuchten. Auch wenn der Fußgänger, der auf einem Zebrastreifen von einem Auto angefahren wird, zu der Behauptung neigt, diese seien unsinnig und gefährlich, so kann man daraus nicht den Schluß ziehen, Zebrastreifen seien eine schlechte Erfindung.

Viele, besonders Jugendliche, fahren zwar noch wegen der Drogen nach Marokko. Doch der Handel damit wird inzwischen hart bestraft und ist in andere afrikanische Länder ausgewichen.

Explosionsartig schreitet die Kinderproduktion fort, so daß jede Anstrengung, den Lebensstandard zu steigern, notgedrungen scheitern muß. Überall ausgestreckte Hände ausgemergelter Gestalten. Man weiß nicht, ob die Geste, mit der die Mutter, die für ihr krankes Kind bettelt, die angeblich bereit ist, ihren einzigen Schmuck zu versetzen, echt ist. Man weiß hier so vieles nicht. Man weiß oft nicht, ob fingerdick der Schmutz auf der Haut sitzt, oder ob da eine uns nicht bekannte Krankheit nistet.

Marokko wurde zwar auf dem Papier 1956 unabhängig, doch dadurch verschwand nicht automatisch Ungerechtigkeit. Der ausländische Grundbesitz ging nahezu unverändert auf marokkanische Großgrundbesitzer über. Noch mehr: Aus Familienbetrieben entstanden zum Teil mit Unterstützung der Regierung Großbetriebe, um die Rationalisierung zu beschleunigen, angeblich um der Arbeitslosigkeit und Armut Herr zu werden. So wurden die Reichen noch reicher, indem sie immer mehr Land dazukauften. Die Armen wurden ärmer, weil sie aus Armut Land verkaufen mußten. Wo auf der Welt wird diese Entwicklung nicht irgendwann einmal vollzogen? Ja, alles schon mal dagewesen, wirst Du sagen. Warum lernt kein Volk vom anderen?

Wichtiger als die Tatsache, daß die Berber in ihren Lehmburgen und die Araber in ihren Stadthäusern nicht auf Stühlen, sondern auf dem Boden sitzen, ist die, daß die armen Bauern nicht einsehen können, warum ihre Kinder lesen und schreiben lernen sollen, wenn sie später doch keine Möglichkeit haben, es anzuwenden, und doch höchstens Schafe hüten können. Die Proletarisierung schreitet fort, die Kinder der Armen ziehen in die Großstädte oder gehen als Gastarbeiter nach Europa. Erst wurden sie von den Sultanen, dann den Franzosen und jetzt werden sie von den Reichen des eigenen Landes getreten. Arme Marokkaner. Selbst der Sand ist gegen sie. Wußtest Du, daß vor 10 000 Jahren die Wüste Sahara ein grüner, duftiger Wald und fruchtbares Land war?

Liebesversuch? Betäubungsversuch? Vielleicht muß man sich heiter von der Katastrophe lösen. Für Afrikaner ist der Himmel Gott, die Sonne Gott, der Mond Gott, der Regenbogen Gott. Gott ist überall, und das ist gut.

Ziehbrunnen, Pfefferkornhaar, Glasperlenschmuck, Vetternwirtschaft. Der Kofferträger am Flughafen, der Kellner im Hotel, der Reiseführer, sie alle sind die liebsten Kerle, solange sie ihr Trinkgeld kriegen. Bleibt es jedoch aus, verfinstert sich ihre Miene, und von einer Sekunde auf die andere werden sie wortkarg und zurückhaltend. Der Tourismus wird ihren Charakter noch mehr zerstören.

Es ist gut, daß die Marokkaner von vielen Ungerechtigkeiten gar nichts wissen. Sie wissen nicht, daß unsere Kühe im Jahr 4000 Liter Milch, ihre dagegen nur 500 Liter geben. Sie begeistern sich an zwei, drei Höchstleistungen. Agadir ist der größte Sardinenhafen der Erde, Marokko der größte Phosphatproduzent der Erde — natürlich nach den USA.

Erst dachte ich, man will mich auf den Arm nehmen, als man mir erzählte, daß es Ziegen gäbe, die auf die Bäume steigen. Als ich aber dann in den Süden fuhr, wo die Erde so verbrannt ist, daß nichts mehr wächst, konnte ich mich davon überzeugen, daß es stimmt. In den Zweigen alter Olivenbäume balancierten die schwarzen Ziegen und nahmen der kahlen, verwüsteten Gegend das letzte Grün.

Fast überall leidet das Land an Überweidung. Man versucht deshalb, die Ziegen durch Schafe zu ersetzen, da diese nicht die Rinde und die Blätter der Bäume auffressen.

Die Frage ist natürlich, was man unter Hochkultur versteht. Die einschlägigen Lexika sagen dir, daß Ägypten das einzige afrikanische Land ist, das eine solche besaß. Aber sieh dir Tetuan, Fès, Rabat, Meknès, Marrakesch an! Du siehst Überreste aus römischer Zeit, Siedlungen von muslimischen Berbern aus dem 10. Jahrhundert, du siehst Moscheen und Königspaläste, du siehst ein gewachsenes Gewirr von Straßen und Häusern, von agrehbinischen Bauten.

Der Rat der Alten zählt viel. Oft ist das gar nicht demokratisch, aber die djema beschließt Bebauungspläne, sagt, wer bei den nächsten Wahlen gewählt wird, und ist letztlich die Stimme der Reichen. An für sich ist Marokko ein Land, wie geschaffen für das Mutterrecht. Doch die Frau wirkt im Verborgenen, für den Neuankömmling zunächst völlig unsichtbar. Aber die marokkanischen Frauen besitzen zum Beispiel schon bei der Partnerwahl ein wesentlich größeres Mitspracherecht, als das sonst in islamischen Ländern üblich ist.

Inzwischen bedeutet auch das Tragen der Djellaba und das Verschleiern keineswegs eine Unterordnung, sondern ist zu einem regelrechten nationalen Statussymbol geworden.

Die anderen islamischen Länder bezeichnen Marokko als Maghreb, den Westen. An der Urbevölkerung, den Berbern, haben sich vor den Arabern schon die Phöniker, die Kartager, die Römer, die Wandalen, die Byzantiner die Zähne ausgebissen. Im elften, zwölften Jahrhundert herrschten islamische Berberstämme, zunächst die intoleranten Almoraviden, dann die großzügigeren Almohaden; im 13., 14. Jahrhundert die

Meriniden. Schließlich kamen die Europäer, Portugiesen und Engländer.

Die direkten Nachkommen von Ali, dem Schwiegersohn des Propheten Mohammed, die Alawiden, bescherten dem Land vom 16. bis 19. Jahrhundert eine wirtschaftliche und kulturelle Blütezeit. Schließlich ruinierten Kriege gegen Spanien und Frankreich das Land. Enorme Kriegsschulden kosteten Marokko um die Jahrhundertwende die Unabhängigkeit. Doch die marokkanische Opposition war von Anfang an lebendig. Am 2. März 1956 konnte Sultan (seit 1957 König) Mohammed V. die volle Unabhängigkeit Marokkos verkünden. 1961 wurde Hassan II., der jetzige König, sein Nachfolger.

Die Folgen der angeblich gut gemeinten Kolonisierung durch Frankreich und Spanien zeigen sich heute in Arbeitslosigkeit, Unterbeschäftigung, Wohnungselend, Bevölkerungszunahme, Außenhandelsdefizit, weil die Ausbildung der Einheimischen vernachlässigt wurde. Auch nach der Unabhängigkeit wurde es nicht besser. Die sozialistische Opposition wurde zum Schweigen gebracht. Noch heute bestehen schärfste soziale Gegensätze zwischen den Großgrundbesitzern und den Armen des Landes.

Das Land ist in 19 Provinzen gegliedert, die von Gouverneuren verwaltet werden. Die Provinzen sind ähnlich wie bei uns in Stadt- und Landgemeinden untergliedert. Die Landgemeinde entspricht unseren Kreisen. 15-20 000 Einwohner in einer Zentralgemeinde und ca. 20 umliegenden Dörfern werden von einem Kaid — entspricht wohl unserem Landrat — betreut. Die umherziehenden Nomaden leben noch in Stammesgemeinschaften unter Scheichs.

Die Verfassung bezeichnet den Staat als konstitutionelle, demokratische und soziale Monarchie. König Hassan II. ist gleichzeitig Staatsoberhaupt, geistliches Oberhaupt und Oberbefehlshaber der Streitkräfte. Für die meisten Marokkaner ist er ein Symbol für die Einheit, ein Garant für die Einhaltung der Verfassung des jungen Staatsgebildes. Die Macht des Königs ist sehr groß, so kann er zum Beispiel einen Gesetzesbeschluß des Parlaments zurückweisen. Er führt den Vorsitz im Ministerrat und ernennt den Premierminister, die Minister und alle hohen Beamten. Schlechtes habe ich über den König nicht gehört. Vielleicht muß man dazu länger im Land sein.

Das marokkanische Recht basiert auf dem französischen. Die verschiedenen Religionen haben jedoch gewisse Abweichungen gefordert. Für Christen ist zum Beispiel die Scheidung durch Verstoßen der Ehefrau und die Polygamie ausgeschlossen. Auch die Juden haben ihr eigenes Recht, worüber die Rabbinergerichte wachen.

Die Schulpflicht ist zwar offiziell eingeführt, doch höchstens die Hälfte aller Kinder besucht eine Schule. 80 % der Bevölkerung sind Analphabeten.

Zusammen mit Tunesien und Algerien bildet Marokko die Atlasregion. Der Name des Gebirges geht auf die griechische Sage zurück. Hiernach wohnte der Titanensohn Atlas im Westen, wo er an der Straße von Gibraltar das Himmelsgewölbe trug. Die Straße von Gibraltar trennt und verbindet es mit Spanien und damit mit Europa. Früher, im Tertiär der Erdgeschichte, gab es diese Trennung Afrikas von Europa noch nicht. An dieser Stelle waren die beiden Erdteile miteinander verwachsen. Auch in der Eiszeit lag diese „Straße“ trocken und konnte von den frühen Menschen als Wanderweg benutzt werden.

Atlantischer Ozean, Mittelmeer und Sahara bilden die natürlichen Grenzen des Landes. Auf 450 000 Quadratkilometern wohnen ca. 17 Millionen Menschen. Die zahlreichen Gebirge des Landes dienen als Wasserreservoir, so daß viele Gebiete auch im Sommer noch ausreichend bewässert werden können. Das Rif, eine gebirgige Hochebene, die der spanischen Sierra Nevada entspricht, ist die Heimat berühmter Berberstämme. Sie wohnen in Schluchten und an Talhängen, betreiben Viehzucht, Terrassen- und Trockenfeldbau. (Haltet das Unkraut in Ehren; dreht die

Schlüssel zweimal in den Türen der ausgebrannten Häuser um: Erinnerungsinseln.) Man hofft auf eine friedliche Revolution. Die Großgrundbesitzer müssen jetzt 50 % statt früher 10 % abgeben. Doch die Bidonvilles, die Blechkanisterstädte, die Elendsviertel, wo Menschen in Abfällen ein menschenunwürdiges Leben ohne elektrischen Strom und Wasser leben, wachsen um die europäisierten Neustädte, die sich wieder zwiebelschalenartig um die arabischen Altstädte, die Medinas, legen. (Noch nie hat die Menschheit von ihrem Erlöser Notiz genommen.)

Und dann Marrakesch. Die Stadt am Rande der Wüste. Die fünfmalige Hauptstadt. Von weitem ahnt man hinter den riesigen Dattelpalmhainen und der ockerfarbenen 12 km langen Stadtmauer eine märchenhafte Stadt.

Immer passiert hier gleichzeitig etwas anderes. Marrakesch, die Perle des Südens. Die afrikanischste der vier Königsstädte. Die Oasenstadt. Marrakesch, die Stadt der Blauen Männer. Die Stadt mit dem schönsten Palast der Welt. Die Stadt des Bauchtanzes. Die Sprache der Augen.

An der Stadtmauer hat sich eine Kamelkarawane auf die Knie niedergelassen. Die Tiere kauen unbeteiligt, fast arrogant, an dem lieblos hingeworfenen Futter. Turban- und Djellabah-tragende Männer gestikulieren, eine Horde von Jungen und Mädchen hält sofort die Hände auf, sobald ich nach meinem Fotoapparat greife. Als sie merken, daß ich ein Junges mit seiner Mutter fotografieren will, treiben sie es mit kleinen Stöcken immer wieder zu ihr hin und posieren in Besitzergeste davor. ,,Kamelfleisch schmeckt gut'', radebrecht einer in Französisch, ,,aber nur wenn man es schächtet, wenn man dem Tier die Halsschlagader aufschneidet und es verbluten läßt.''

Wir wollen gerne zugeben, daß Pegasus Flügel hatte. Doch selbst die Geburt Christi oder der Sturz Ikarus geht nicht alle Leute an. Es gibt keine wichtigen und unwichtigen Dinge.

Es gibt hier nicht den gepeitschten Wortfall wie in Tunesien. In Marokko spürt man ein chorisches Strömen, ein Zusammengehaltenwerden durch etwas Gemeinsames. In Tunesien dagegen ist alles viel oberflächlicher, blutärmer, schon weit verdorbener durch den Tourismus, ein Nehmen ohne Geben, ein Ausnutzen der Fremden, die man im Grunde verachtet. Hier in Marokko strahlt eine Freundlichkeit und Wärme aus jeder Geste und jedem dieser fremdartigen Worte auf mich über, wie ich sie sonst in Nordafrika nicht gefunden habe.

In der Medina locken die Souks mit handwerklich geschickt gemachten Kupfer-, Messing-, Silberbehältern, mit geschnitzten, gedrechselten

Holzarbeiten, mit gewebten, gestrickten, geknüpften Textilien, mit Ledertaschen, Ledermänteln, Lederkissen. Hat man ein besonders schönes Stück entdeckt, ist man nicht lange glücklich, man entdeckt es hundertfach wieder, im gleichen Geschäft, im nächsten Geschäft. Das gleiche Muster, die gleiche Form. Bei den Teppichen, den Silberwaren, den Gürteln, den Schnallen und Broschen. Erlahmt die Phantasie, die man nur noch in teuren, alten Stücken bewundern kann?

Und trotzdem ist diese gewaltige Anhäufung gleicher Gegenstände faszinierend, wie auch die riesigen Körbe mit verschiedenen Pfefferarten, Curryarten, den verschiedenen Rottönen des gemahlenen Paprika. Berge von Orangen, Mandarinen, Zitronen, Melonen, Zwiebeln und Knoblauch. An den Wänden überall die frische Pfefferminze, woraus eines der herrlichsten Getränke dieser Erde gemacht wird, der starke Pfefferminztee, den man hier alle fünf Meter angeboten bekommt. Den Kif in den kleinen Haschischpfeifchen behalten die Einheimischen für sich. Tausend Gewürze, Heilkräuter, Pulver, Mineralien duften durch die Straßen. Gepriesen die Schlangenhaut und das Igelfleisch gegen die zahlreichen Krankheiten der Armut.

Dazwischen die wieseligen Jungen, die einen weiterdrängen, dorthin, wo alles noch schöner, duftender, billiger, größer ist. Dorthin, wo die gefärbte Wolle noch malerischer im Fotolicht schwebt, dorthin, wo gedrechselt, geseilert, gehämmert wird. Die gewitzten Buben kauderwelschen mit den Touristen in deutsch, englisch, französisch. Sie flitzen durch die Schar der Staunenden, lächeln freundlich, machen artige Komplimente, immer bereit, einer unachtsamen fotografierenden Lady die Handtasche zu stibitzen. Aber im Angesicht dieser trostlosen Armut kann auch der Fremdling dies kaum als Diebstahl bezeichnen. Es ist Notwehr, es ist die einzige Chance zu überleben. Dort gebe es das beste Moschusparfüm. Daran müsse man unbedingt noch riechen. Moschus für die Sinne, Moschus für die Liebe.

Ein Zurschaustellen sondersgleichen und daneben das Verstecken, das Verschleiern, das Verbieten, das Nichtdurchlassen, das Fotografierverbot, die für den Fremden geschlossene Moschee.

Nur von weitem ist es ein Gewimmel, nur von weitem ist hier alles so hektisch. Nähert man sich einem alten Händler inmitten seiner Waren, so ist da nur Ruhe. Ruhe der Hände, die besitzergreifend weiterreichen, der Augen, die anbieten, die lauschen und sehen und geben, und Ruhe in den tiefen Falten in den alten Gesichtern, die ein für allemal eingegraben sind, weil das Leben so war. Dann ist da kein Flackern mehr, keine Unruhe, und man lernt bald, in diesem Gewühl ruhig zu werden und ohne Drängen und Gedrängtzuwerden über den Preis eines Gegenstandes zu reden, möglichst lange zu handeln, möglichst viele andere Themen anschneidend, auf beiden Seiten die Würde wahrend.

Vorsorglich hatte uns unser marokkanischer Führer die großen Geldscheine in kleine Dirhammünzen gewechselt, zum Verschenken an Arme. Er selbst gebe etwa 10 % seines Lohnes den Armen und Bettlern und habe doch auch 6 Kinder zu versorgen. Er greift auch immer wieder unter seine Djellaba um unauffällig, ganz selbstverständlich irgendeinem armen Tropf eine Münze zuzustecken. Sein Vorrat an Münzen scheint unendlich, und doch klimpert es nie nach Geld. Ein System konnte ich in seinem Geben nicht erkennen. Doch am meisten gab er den Blinden, die in einer langen Kette dort aufgereiht standen, wo die engen Gäßchen der Medina plötzlich in den Platz der Geköpften münden. Jeder trägt eine dunkelbraune oder schwarze Djellaba und hält eine Almosenschale in den Händen. Sie bitten im Chor und danken im Chor. Alláh! Alláh! Kein anderes Wort hat so viele Möglichkeiten der Betonung. „Wer gibt, kommt schneller in den Himmel“, sagt Mohammed, unser marokkanischer

Führer. Die Litanei der Blinden schluckt seine Worte.

Plötzlich hat man nicht mehr das Gefühl zwischen Mauern zu gehen (obwohl man weiß, daß es Häuser sind), man genießt die Freiheit, über sich wieder den Himmel zu haben.

In diesem Gewimmel vergißt man leicht, sich die baulichen Sehenswürdigkeiten anzusehen, die Moscheen mit ihren herrlichen Minaretten, die kostbaren Stadttore, die Paläste, die Mauerzinnen, auf denen im 14. Jahrhundert ein Sultan die Köpfe von 600 Aufrührern aufspießen ließ. Djemaa el-Fna heißt dieser einmalige Platz, weil auch hier die Köpfe der Hingerichteten zur Schau gestellt wurden. Du siehst, mein Lieber, durch Verbreiten von Angst wurde schon immer Macht ausgeübt. Dem anderen Angst machen, ist eine der wichtigsten Formen zwischenmenschlicher Auseinandersetzungen. Hin und wieder braucht man seine schwarzen Schafe, die man schlachtet. Hat man keinen Feind, muß man sich einen erfinden.

Heute haben hier die Märchenerzähler, die Akrobaten, die Schlangenbeschwörer, die Zahnzieher, die Wasserverkäufer, die fliegenden Händler, die Scharlatane ihre Auftritte. Ein Dröhnen, erzeugt von den vielen Stimmen, den Trompeten, Tambourinen und den ein- oder zweisaitigen Geigen, den Rababs.

Um die Darbietenden bilden sich ganz verschiedene Kreise. Die beständigsten sind um die Geschichtenerzähler, innen sitzt man, außen steht man, unbeweglich, lauscht den faszinierenden Worten. Es sind sehr ruhige Kreise um die meist alten Männer in bunten auffallenden Gewändern, von den Zuhörern offenbar sehr wichtig genommene Männer mit Bart und Turban. ,,Früher gab es mehr Erzähler", sagt Mohammed, ,,aber die jungen Leute wollen die Geschichten nicht mehr hören. Die sehen sich lieber Kunststücke an", und er zeigt auf die Menschentrauben um die Musikantengruppen, Zauberer und Pyramidenbauer. Dort sind zwar auch sehr viele Schaulustige, doch der Wechsel von einer Gruppe zur anderen ist bedeutend größer. Ich muß mich zwingen, mich vom Anblick dieser marokkanischen ,,Dichter", die jeden Tag in die Arena des wahren Lebens steigen, loszureißen, um unserer Gruppe zu folgen, die sich jetzt einem Schlangenbeschwörer zuwendet.

Acht- bis Zehnjährige versuchen, uns für sich zu gewinnen. Die kleinen Mädchen flirten ganz ungeniert, kräuseln ihre Kinderlippen zu angedeuteten Küßchen. Esel blöken dazwischen, sie werden hart hergenommen, die Armen. Überhaupt geht man hier mit Tieren nicht besonders zimperlich um. Pariert ein Tier nicht augenblicklich, bekommt es den Stock zu spüren.

Die an den Beinen zusammengebundenen Hühner gucken so traurig, als wüßten sie genau, was sie erwartet. In sich zusammengekauerte Alte bieten flehend drei, vier verkümmerte Apfelsinen, einige halbverfaulte Salatköpfe, ein paar geröstete Heuschrecken an. Wer die Fähigkeit des Mitleidens noch nicht verlernt hat, tut sich schwer in Marrakesch.

Traditionelle Medizinmänner, die mit alten Rezepten und magischen Ritualen Krankheiten vertreiben, gibt es nicht nur auf der Djemaa el-Fna. Die medizinische Versorgung wäre ohne die einheimischen Heiler und Zahnzieher gar nicht denkbar. Auch wenn man vieles wissenschaftlich nicht erklären kann, diese Männer haben Erfolg. Selbst nach dem Exorzismus der Wunderheiler, nach der Behandlung durch Gesundbeter fühlen sich viele Kranke geheilt. Dagegen ist die Behandlung von Knochenbrüchen gar nicht so viel anders als unsere. Statt Gips und Zellstoff verwenden die Medizinmänner eine Ei-Mehl-Paste, die fest wird, Schilfrohrgeflechte und Tücher. Auch der von ihnen angewandte Aderlaß ist noch nicht so lange aus unserer Medizin verschwunden und kann durchaus bei Kopfschmerzen und Sehstörungen helfen.

Im jüdischen Viertel, der Mellah, sind die Männer europäisch gekleidet, die Armut ist nicht ganz so groß, aber die Sehnsucht nach einem besseren Leben ist hier genauso stark. Doch hierhin führt uns der marokkanische Reiseführer nicht. Zur Mellah muß man allein. Hier treffe ich wieder die Blicke von Menschen, wie ich sie in Israel sah, lebendiger als die der Araber, vielleicht etwas kälter, schlauer, lauernder. Das jüdische Volk mußte Jahrtausende auf der Hut sein, und das sieht man im Blick dieser Menschen. Doch von den fast 200 000 Juden, die gegen Ende des Protektorats in Marokko lebten, gibt es heute nur noch 30 — 40 000. Die islamische Staatsreligion ist nicht sehr tolerant, und so wanderten die meisten Juden nach Israel oder Frankreich aus.

Betäubt fährt man lange durch die Stille, wenn man Marrakesch verläßt. Das überhelle Licht, die schrillen Laute, das Hindurchgehen durch tausend Gesichter, die bittenden Hände, die fragenden Blicke, die ungeheuerliche Ansammlung von Waren aller Art, das fordernde Darbieten, die hinkenden, gebückten, bizarr verhüllten Gestalten, das alles ist plötzlich weg. Es ist still und dunkel, und ich frage mich, gibt es das wirklich, habe ich das wirklich alles gesehen, gehört, gerochen, betastet. Ja, es war so, es ist sicher noch viel bunter, hintergründiger, vielfältiger. Nie werden meine Sinne ausreichen, ein solches Land, eine solche Stadt je ganz zu erfahren. Dort mußt Du einmal hin, aber erst, wenn Du sehr viel gereist bist, wenn Du die Sitten und Lebensweise anderer, für uns einfacher zu verstehender Völker nicht nur zu tolerieren, sondern auch zu bewundern gelernt hast und bereit bist, von ihnen zu lernen.

Ein reiches Land und arme Leute. Ich sitze im Garten des Hotels, schreibe Dir unter Palmen von diesem eigenartigen Land, schreibe Dir, damit es nicht verlorengeht. Zum Frühstück gab es ein Ei. Et les croissants. Den müssen wir nicht in die Wüste schicken, den müssen wir hochpäppeln. Da müssen wir ein Auge zudrücken. Du nimmst dein Reissäckchen, ich nehme meins. Emanzipationsmarsch auf Zehenspitzen. Ein Abziehbild der Ehrlichkeit.

Obwohl sich täglich Hunderte von Berbern in den Souks der großen Städte von flinken Barbieren in verschmutzten Kojen eine Glatze scheren lassen, damit es bald regnet, wird auch heute die Sonne wieder durch einen wolkenlosen Himmel glühen. Ich sitze hier im Wohlstand, denke an den kleinen Jungen, der mir nach zähem Feilschen eine alte marokkanische Münze verkaufte, schaue hinunter zum Swimming-pool, wo sich die reichen Marokkaner goldstrotzend gerade für den Tag einrichten, wo sie überheblich an ihren bunten eisgekühlten Drinks nippen und wohlgefällig auf ihre barbusigen, wohlgeformten Töchter blicken.

Frühmorgens sollte man noch einmal alles riskieren, man sollte aber auch zur Vernunft kommen, man sollte . . .

Der Lotse ist nicht Kapitän.

Der liebe Gott flickt ein Fischernetz in Palermo
Eine Kreuzfahrt

Es gibt immer blonde Kids auf einem Kreuzschiff, mein lieber Markus, die spät abends in der Bar noch Jagd auf die nervöse emanzipierte Lady mit den kurzen Haaren und den ständigen Kopfschmerzen machen. Es gibt immer den älteren Studienrat mit seiner biederen Gattin im Schlepp, der auch noch abends die antiken Helden zitiert. Es gibt die stets im richtigen Moment präsenten Schiffsoffiziere, die auch nur das eine im Sinn haben.

Gesprächsfetzen, nie ganze Sätze treffen mein Ohr: Früh aufstehen, um die springenden Delphine zu sehen — sich verwöhnen lassen an Bord und an Land — nachts kann es sehr kalt sein — sehen Sie, das ist Jugendstil! — ich gehe auf die Toilette — ist das nicht der kleine französische Patzke mit der Vorliebe fürs Schlüpfrige und Kitzlige — ja er ist es, der Bannstrahl des Papstes soll ihn treffen — du bist den falschen Weg gegangen — hier steht mein Glas — ich müßte 5 Kilo abnehmen — sie hat schöne Augen, verführerisch schöne Augen, das wurde ihr schon als Dreijährige gesagt — Prego, kennen Sie den? — so ein arroganter Typ, Mitte Vierzig wird er auch

Informieren Sie mich künftig bitte kostenlos und unverbindlich über Ihre Neuerscheinungen.

Ich interessiere mich besonders für Bücher folgender Gebiete:

- ☐ Alemannische Mundartdichtung
- ☐ Alemannica
- ☐ Literatur Baden/Schwarzwald
- ☐ Kehl/Hanauerland
- ☐ Alsatica Literatur Elsaß
- ☐ Hansjakob
- ☐ Sachbücher
- ☐ Romane/Novellen Kurzgeschichten

Diese Karte ist aus dem Buch

....

☐ das ich geschenkt erhielt ☐ entliehen ☐ gekauft habe

im ☐ Buchhandel aus ☐ Berufsinteresse ☐ Privatinteresse

☐ weil ich andere Werke des Autors kenne

Aufmerksam wurde ich darauf durch:

☐ Verlagswerbung ☐ Prospekt/Anzeige ☐ Schaufenster

☐ Besprechung in der allgem. Presse ☐ in Fachzeitschriften

☐ Empfehlung durch Bekannte ☐ des Buchhändlers

Senden Sie mir bitte über die Buchhandlung

....

folgendes Werk ....

....

Diese Karte lag in dem Buch mit dem Titel:

Meine Meinung:

Absender

Vorname

Name

Straße

PLZ Ort

Bitte als
Postkarte
frankieren

schon sein — du schuldest mir noch einen Campari! — ich liebe die Musik, wie sie Werner Herzog für Fitzcarraldo verwendet hat — ich habe an so was Ähnliches wie Mackie Messer gedacht — aber auf hoher See ist das so eine Sache.

Fallschirme über Hambach, mein Lieber, soeben wurde der Falkland-Krieg beendet, die Bingospieler sollen sich in den Pharaonensaal begeben, auf dem Corfu-Deck findet in 10 Minuten die Wahl zur Miss Ausonia statt. 2 Gin Tonic, per favor!

Aus einem fahrenden Schiff hinausschauen. Wasser bis zum Horizont. Einer mit hellblauer Hose steht an der Reling und hält eine Rede: Das sei ein Verstoß gegen die Sehgewohnheiten des Publikums, eine perfide Provokation, ein radikaler Versuch, mit eingefahrenen Verhaltensmustern zu brechen. Die Leute ließen sich ja fast alles gefallen, deshalb werde es zunehmend schwerer, ihnen auf den Wecker zu gehen. Man müsse endlich den normalen Dutzendmenschen zeigen, was Fortschritt bedeute. Man müsse auch an die Möglichkeit denken, daß es eine Grenze gebe und daß wir Feuer nicht träumen können. „Wem hilft es, Konflikte zu verdeutlichen, ohne sie zu beheben?“ ruft der Mann an der Reling anklagend gegen das Wasser. Er hat es aufgegeben, auf eine Antwort zu warten, die ja doch nicht kommt. Da taucht sie plötzlich auf, jung, energisch, schlüpft in ihr Abendkleid, rafft den Rock und ruft ihm zu: „Spielen wir Toter Mann?" Sie blickt mit ihren Sternenaugen in ihn hinein. Wie er sich denn eigentlich die Realisierung seiner Wünsche vorstelle. Ob nicht Klischees und Propaganda jeder Art den exakten Pinselstrich bedrohten?

Er spricht vom Feindbild brutaler Militärregime, doch sie läßt sich nicht irritieren: „Das Gewesene hat dich überholt ... hier meine Hand, die geöffnet bleibt ... unterstellen wir einmal diese Mutmaßungen ... dann liefe diese helle Trennlinie mitten durch eine lange Reihe Zuschauer ... durch die zufriedenen Eingeweide der Freaks dort am Rettungsboot."

Oh, diese aalglatte Naivität, diese routinierte Konfektion, in der kein echter Ton erklingt. Oh, du mein glattgeschrubbtes Promenadendeck, teurer Kontakthof. Leiern wir behend einen Plausch an (?) oder lassen wir es lieber bleiben (!). Mein lieber Sohn, am liebsten würde ich mich eingraben, durch den veralgten Meeresgrund hindurch, um zu sehen, wo ich wieder herauskomme.

TS Ausonia heißt das Schiff, 18 000 Bruttoregistertonnen, Flagge Italien, Heimathafen Genua, Reederei Siosa Line Neapel, Baujahr 1957 (1981 völlig modernisiert), Länge 159 Meter, Breite

21,20 Meter, Reisegeschwindigkeit 16 Knoten, Passagiere 600, Stabilisatoren Denny Brown, die Namen der Decks von oben nach unten: Bahia, Corfu, Delphi, Ephesus, Fiorenza, Genua.

„Die TS Ausonia führt nur eine Klasse. Alle Räume sind voll klimatisiert. Alle Kabinen verfügen über Dusche und WC. Einige haben ein zusätzliches Bad. Und Sie speisen à-la-carte. Ein wahrhaft fürstliches Angebot. So sind Sie dann gut eingestimmt auf die Festlichkeiten, die da kommen, z. B. das fröhliche Kostümfest, wo alles als Verkleidung verwendet werden darf, was nur greifbar ist." Nun denn!

Der Hafen von Cannes eigne sich nicht zum Anlegen eines so großen Schiffes. Ach was, widerspreche ich, ich lege an, ich gehe von Bord! Auf schwankenden, bis zur Wasserfläche durchfedernden Brettern wippe ich an Land, durchschreite die freie offene Brust des Kapitäns, der mir mit warnender Stimme schreckliche Worte nachruft. Sie vermischen sich mit den fliegenden Wörtern, dem Heißa-juchei des französischen Kultusministers Jack Lang, der sie der Dritten Welt ins Ohr zu blasen versucht. Alle Franzosen sind gerüstet mit der stolzen Erinnerung an die Revolution ihrer Ur-Ur-Urgroßväter und sind immer bereit, Revolutionäre zu grüßen. Denen wünschen sie „Abertausende von Zukunften".

Große Vokabeln hißt die französische Dame, spricht von der hohen Kultur des 18. Jahrhunderts und bedient ihr Publikum mit Hollywoodfilmen, wie andere europäische Länder auch. Das Nichts sperrt das Maul auf.

Mein Lieber, ich teile nicht die diabolischen Pläne des strahlenden Siegers vom Mai 1981, des Monsieur François Mitterand, der in einem Jahr 2 Millionen Arbeitslose, zweistellige Inflationszahlen und bereits die zweite Franc-Abwertung seit seinem Amtsantritt produziert hat.

Sparen, so lernen dieser Tage auch die Franzosen, heißt ,,weniger ausgeben''. Das betrifft jedoch nicht die ausgeflippten Typen am Boulevard Croisette in Cannes, die ihre zerkratzten und zerquetschten Lüste hier nackt zu Markte tragen. Was soll 's, mit der Moral eines Beichtvaters lassen sich die geschickt verpackten Titten nicht verkaufen. In den Straßencafés miese schmierige Glücksritter, vollgehängt mit Gold und Glitzer. Dicke Schlitten und Sportwagen vor dem Carlton und vor dem Grand Hotel. Schönfärber und Schlaumeier an jeder Ecke. Zwanzigtausend-Mark-Uhren sind für hiesige Begriffe billig, tragen noch keine Diamanten am Zifferblatt. Feuerschlucker und alte Bettler werden von eigens dafür gedrillten knurrenden Polizeihunden weggebellt. Kleine Mädchen bewerfen sich nicht mit Kletten, werden von der orientalischen Kinderfrau am Meeresufer spazierengeführt. Wenn ihre Füßchen von den Wellen benetzt werden, schreien sie schrill auf und flüchten zwischen die Beine der Ersatzmami.

In den von zu Hause nachgereichten Zeitungen steht „Parsival-Erlösung durch Vernichtung/100-Jahr-Jubiläum im umgekippten Bayreuther Tempel." In den französischen Zeitungen steht: „44 Kinder verbrennen bei Autobahnunfall." Manche tun so, als fänden die Filmfestspiele hier nicht nur 8 Tage im Mai, sondern das ganze Jahr über statt. Manche tun so, als gäbe es keine Demonstranten, keine Anarchisten, keine bewaffneten Polizisten. Manche leben in die Nacht, ohne die dazwischenliegenden Tage zu registrieren.

Weit und breit kein Mühlrad, das unserem Gedächtnis gleich die Inhalte unseres Innern aufarbeitet. Hier ist alles so bunt und grell eingefärbt, daß keiner die Naturfasern mehr erkennt. Marionetten vorm Dekor um die Jahrhundertwende. Politik und Zeitgeschehen gehen an denen vorbei, mein lieber Markus.

Nice-Matin meldet, in Cannes finde heute abend ein festival pyrotechnique statt: Viele Prominente seien schon eingetroffen: Brigitte Bardot trotz Clinch mit der Bildzeitung, König Faisal von Saudi-Arabien, Gilbert Becauld, Catherine Deneuve und die Witwe des verstorbenen Schahs von Persien, der amerikanische Vizepräsident, der französische Postminister usw. usw. Stell Dir vor, alle gleichzeitig mit mir! Welche Ehre! Aus dem Heckfenster einer schwarzen Limousine winkt eine junge schöne, verschleierte Frau.

Ich möchte mich lösen von dieser bösen Science-fiction-Welt, von den durch Wollust und Gier verkrümmten Strichmännchen, von den blutleeren Gespinsten. Leben ist für mich mehr als Krankheit zum Tod. Man muß sich zwar den Spannungen der Gegenwart aussetzen, benötigt aber dringend die Isolation.

Im Hotel Carlton ist eine Dilley-Ausstellung, das Palm Beach zeigt Königsjuwelen und das Martinez offeriert erlesene Kaukasische Teppiche. Ich flüchte in die Altstadt. In der Rue Felix-Faure, chez Astoux, gibt es le meilleur de la mer, der freundliche garçon schlägt le panaché de coquillage vor. Dazu den Göttertrank chablis. Einmalig, du träumst, auch das eine Art von Glück.

Viele warten ihr Lieblingsstichwort nicht ab, reden ungezügelt darauflos, ob einer zuhört oder nicht. Ein kleiner Junge notiert sich verbissen gründlich alle Autonummern, die er erwischen kann, in einem zerfledderten Notizbuch. Man hat schließlich Freunde in der Welt.

Steile Weiberfesseln hacken das Pflaster zum Hafen, bereiten mir einen langsamen, aber leichten

Abschied. Am Ende eines ungeduldigen Traumes erzwinge ich ein schnelles Erwachen. Übermütig werfe ich Wörter hoch in den Himmel. Möwen fallen im Morgengrauen über das Schiff her.

Der blonde Junge an unserem Tisch heißt Struppi. Offenbar sitzen Hexen und Teufel immer rechts von einem. Einmal gelingt es ihm fast, den schwächlichen Kellner zu Fall zu bringen. Heute erhält jeder sein Bordbuch, wenn er die Reiseleitung darum bittet. Auf dem Corfu-Deck findet die Unterhaltung statt. Die Disco ist ab zehnuhrdreißig (vormittags!) geöffnet, getanzt wird auch im Pharaonensaal, dort gibt es um Mitternacht Pizza. Die Liegestühle sind Allgemeingut, es gehe nicht an, daß man sie durch Bücher und Taschen und Handtücher blockiert. Rechtschaffenen Leuten tue der Kapitän nichts, er sehe bisweilen nur nach, was sich an Land ziehen läßt. Vor 14 Tagen soll eine provozierend blickende Dame mit schlanken Beinen in schwarzen Gummistrümpfen mitgefahren sein. Die habe ihre nackte weiße Haut aus einem halboffenen Silberfuchs herausleuchten lassen. Was soll man dazu sagen. Fleisch sei eine legitime Metapher für des Menschen aufdringlich lustvolle Diesseitigkeit.

Barcelona, mein Lieber: die Ramblas, das Kolumbusdenkmal. La Lonja, die unvollendete Phantasie-Kathedrale Gaudis, „Sagrada familia“, Barrio Gotico und das Pueblo Espanol.

Beim Wort „Anlegen“ schießen sie wie die Ratten aus ihren Kojen. Noch immer bleibt mir die Möglichkeit, die ausgefahrene Treppe hinunterzusteigen auf den Kai, meinen Blick besänftigen zu lassen von den Droschkenkutschern und ihren gutmütigen Pferden, von den mischfarbenen Hunden (die leider wegen der Steuer immer seltener werden).

Die Schatten von damals, als ich mit meinen Eltern hier war, vor fast 30 Jahren, sind nicht meine Schatten geblieben. Die Glocken sind feindlicher geworden. Die Stimmung der Katalanen kann so plötzlich umschlagen wie bei uns das Wetter in den Alpen, mit voller Wucht von einer Minute auf die andere. Doch sie haben nicht ständig dieses schlechte Gewissen wie wir.

Die weißen Kirchen flehen den Sonnenhimmel an. Die Schönschrift der Körper ist verkommen zum schlampigen Rotaprint. Der Welt wollen diese Menschen keinen Eindruck mehr machen, es sei denn auf dem Fußballfeld. Genau in 8 Tagen beginnt in Barcelona die Fußballweltmeisterschaft. Ein nervenschwacher Backgammon-Spieler schifft sich nach Monte Carlo ein. Er versteckt seine Augen hinter einer schwarzen Sonnenbrille und atmet mit bebenden Lungen den blauen, knisternden Himmel ein. Manchmal hängt man sein Herz an eine Stadt, einen Menschen, eine Sache, und kommt nie wieder los davon. Möwen säumen die perlgraue Uferstraße. Jeder kann den Champion schlagen.

Tauben und Falken unter den spanischen Militärs streiten erbittert, seit sie über 32 Putschoffiziere zu Gericht sitzen müssen, die am 23. Februar 1981 Spanien fast eine neue Militärdiktatur beschert hätten. Das Oberste Gericht ist zerrissen in Putsch-Sympatisanten und regierungstreue Demokraten.

Ein junges Pärchen lehnt an einer lehmfarbenen Hauswand, sie mit einer präzise gedrillten Afrofrisur, er mit einem Herzchen im Ohr und einem weißen Leinenanzug. Sie reden leise oder bewegen auch nur ihre Lippen.

Ich sitze in der Bar, die rund um die Uhr geöffnet ist. Hier kannst du morgens um 6 einen Campari trinken, und niemand wundert sich. Die aufgehende Sonne macht die tollsten Reflexe im bunten Fensterglas. Der Barkeeper summt die Loreley — weil so viele Deutsche an Bord sind. Die Jungfrau Maria hat Rouge auf den Wangen, spiegelt sich in den Scheiben als Himmel. Der tattrige Sexualprofessor ist auch noch — oder schon wieder auf — und erklärt seiner Freundin, die seine Enkelin sein könnte, wie man den vorzeitigen Samenerguß verhindern kann. Stop-Start-Methode nennten das die Amerikaner. In sich drehenden weißen Flammen wird die Sonne immer größer. Im gelben Salon klappert schon das Frühstücksgeschirr. Es ist Zeit zu verschwinden, denn gleich kommen die ersten ernsthaften Menschen, frisch rasiert, mit rosigen Backen, knacken ihr Frühstücksei, plaudern mit dem Steward wohlwollend gönnerhaft, stecken ihm einen größeren Schein zu und buchen anschließend den heutigen Tagesausflug, der pünktlich um 8.00 Uhr beginnen wird: Mallorca.

Mallorca soll eine schreckliche von Neckermännern, schnellen Mädchen und Betonklötzen verwüstete Insel sein. Ich weiß es nicht, ich war nie da. Jetzt liegt Palma vor uns, und ich kann nur sagen, einmalig schön: Hundert, zweihundert Warmluftballons schweben über der weichen, azurblauen Stadt. Auf dem Meer trauernde Möwen. Am Hafen Orangen, Palmen, Oleander, bewässerter Rasen, im Sonnenlicht glänzender Marmor, Automatenmusik.

Ich segele die Kathedrale hoch, stürze in Perspektiven, die ich zu kennen glaube, obwohl ich sie nie gesehen habe, verharre freudlos vor den Bildfiguren in den Warteräumen des Untergangs. Auch ein kleines Mädchen, etwa in Deinem Alter, schaut sich die Bilder an. Es sind lauter Aufnahmen von Babys und Kleinkindern, die jedoch alle die Gürtel ihrer Jacken und Mäntel wie Stricke geknotet haben, ohne die — teilweise vorhandenen — Schnallen zu benutzen. ,,Das Piano ist in Ordnung", sagt eine Stimme, „aber es sind die Spieler, die die Musik machen müssen."

Einer, er soll Grieche sein, erteilt dem Kellner eine Abfuhr, weil die Brötchen so laff sind, und frappiert dann alle beim Tontaubenschießen. Sein Buschhemd trägt er über der Hose und zeigt eine protzige Goldkette über der behaarten Brust. In seiner Kabine sei zum wiederholten Mal das Licht ausgefallen, sagt er drohend.

Es gibt keinen Anlaß zum Optimismus. Über die Hälfte der Menschheit lebt in Not. Es gibt zu wenig zu essen, es gibt nicht genügend sauberes Wasser, es fehlt an Wohnungen, an Arbeit, an medizinischer Versorgung, an Schulen usw. Es ist nicht schön, mein Lieber, daran erinnert zu werden, wenn wir uns mit dicken Bäuchen auf dem Luxusliner räkeln und Rezepte zum Abnehmen austauschen.

Hier im Mittelmeerraum hält sich die Zunahme der Bevölkerung ja noch in Grenzen. Du weißt, daß die Regierenden vieler Länder bis vor kurzem noch der irrigen Meinung waren, je mehr Menschen ein Land habe, um so stärker sei es. Diesen selbstmörderischen Unsinn haben inzwischen auch China und Indien, Brasilien und Argentinien, Kenia und Uganda eingesehen. Trotzdem werden in Indien z. B. täglich noch 50 000 Kinder geboren, 20 Millionen im Jahr!

In diesem Zusammenhang fragt man sich, ob ein Staat eigentlich das Recht hat, in so persönliche Dinge wie das Kinderkriegen einzugreifen. In China darf man erst mit 28 Jahren (die Frauen erst mit 27 Jahren) heiraten und bekommt nur Lebensmittelkarten für ein Kind. Sieben von zehn Menschen leben heute in den armen Ländern. In 18 Jahren, zur Jahrtausendwende, werden es neun von zehn sein. Welche Zukunft haben diese Menschen?

Angst und bange kann einem werden, wann man an die Entwicklung der großen Städte zu unregierbaren, unsicheren, vollgepfropften Monstern denkt. Insbesondere die Millionenmetropolen in Ostasien, Lateinamerika und Afrika. Während sich New York von 1950 bis zum Jahr 2000 „nur" von 12 auf 22 Millionen Einwohner vergrößern wird, wird Mexico-City von 3 Millionen auf 31 Millionen Einwohner ansteigen. Du kannst Dir selbst ausrechnen, daß diese Städte eines Tages regelrecht explodieren müssen.

Eine flachbrüstige Studentin der Germanistik liest im Gedichtband „Von Null bis Unendlich". Ein rotbackiger Banker klärt seinen Nachbarn über die Mehrwertsteueroption auf. Die flachbrüstige Studentin verkauderwelscht umständlich einem unsympathischen Steward niedrigsten Grades in italienisch, daß sie auch Gedichte schreibe. Sie liest ihm eins vor:

Der Widerschein
des Löwenzahn im
Gras im matten
Vogel (Kegel) Fledermäuse Grillen...
anmutend, strandversunkener
Stern, zum melken Vogel-
predigt, nach
Palermo

Ja, keck, denke ich, wenn einem sonst nichts einfällt, als das Fallobst seiner Lesefrüchte, warum nicht! Das Gedicht heiße ,,Aufbruch am frühen Morgen", sagt sie. Er nickt, zwickt sie in den Arm und glaubt, daß sie von ihm beschlafen werden will.

Eine Reise nach Tunis: die angeblich so kostbaren Teppiche, der Pfefferminztee, lederne Sitzkissen, das ständige Betteln verkrüppelter Menschen, der durch den Tourismus gebrochene Stolz. Die Reiseleiterin übergibt den Landgängern lustlos die weißen Landekarten (bitte nicht mit den gelben für Palermo verwechseln). Vorsicht Durchsage. Die Uhr eine Stunde zurück. Bitte die Kabinentür öffnen, nur das Wasser in der Thermosflasche ist Trinkwasser. Das Trinkgeld habe der Tischsteward und der Kabinensteward zu bekommen, es sei Teil des Gehaltes, und die Mannschaft sei dringend darauf angewiesen. Jetzt aber schnell raus! Zettel richtig ausfüllen, Ausflug. Ausflug. Der Informationsstand auf dem Delphin-Deck bleibt heute den ganzen Tag geschlossen. Die Reiseleitung müsse sich auch einmal erholen.

Im klaren Abendlicht tuckert das letzte Tenderboot mit den betrunkenen Touristen von der Stadt zum Schiff zurück. Die Männer und Frauen sind zu müde zum Singen und werden von der gelangweilten Mannschaft die ausgefahrene Treppe hochgeschubst. Die mitreisende Profinutte spuckt ins Wasser, weil sie auf dieser Fahrt von alleinreisenden Damen dezent ausgetrickst wurde. Die Treppe wird eingefahren. Dem ersten Offizier, der alles überwacht, fliegt eine Handvoll Erdnußschalen ins Gesicht. ,,Merde", ruft er und versucht die Spucke der Nutte zu treffen. Der Apotheker, ein Doktor Wiedemann aus Bad Tölz, legt seiner Gattin die Hand auf die Schulter. Sie grämt sich, weil sie die Aufnahmen von den Mosaiken des Bardo-Museums in Tunis vermasselt hat. Sie hatte vergessen, den Foto von Sonnenlicht auf Kunstlicht umzustellen. Mit der Rückkehr aufs Land, sagt der Apotheker, würde man zwar vieles aus dem Gesichtsfeld ausschließen, störendes, aber dafür für das wenige einen klareren Blick bekommen.

Der trübe Spiegel in der Fotokabine zeigt kein Bild. ,,Immer stimmt alles nicht so ganz", sagt ein Mann, dann blitzt die Birne auf. ,,Du atmest ja nicht auf dem Bild", sagt die Frau. ,,Ich habe die Luft angehalten", sagt er. „Dein Gesicht ist so dunkel, so eingeschwärzt", sagt sie. „Man sollte mir Schnee auf die Augen legen!"

Das war es also, Tunis stand unter Mittwoch auf dem Programm. Die Basarstraßen in den bunten Souks. Das Bardo-Museum mit der weltberühmten Sammlung römischer Mosaiken. Auch ein Ausflug nach Karthago, das mich enttäuscht, zu laut, zu oberflächlich, die Führer und die Touristen. Hier fehlt die griechische oder italienische Inbrunst vor dem antiken Gemäuer. Dann Sidi Bou Said, die herrlichen Paläste, die vielen reichen Leute. Die goldgelben, feinsandigen Strände, die verschleierten Frauen, die stibitzenden Kinder.

Die fünf Säulen des Islam: Das Glaubensbekenntnis (Mohammed ist der Prophet Gottes), die Armensteuer, das Fasten im Monat Ramadan, die Wallfahrt nach Mekka und das Gebet, zu dem der gläubige Moslem fünfmal am Tag verpflichtet ist. Die Bibel der Mohammedaner ist der Koran, der in Suren Glaubenslehre, Sitten, Gebete, Riten, Hygiene vorschreibt. Über der menschlichen Willensfreiheit steht immer die göttliche Vorherbestimmung.

Streiks und Krisen können der sprichwörtlichen Lebensfreude der Italiener nichts anhaben. Alles muß man von zwei Seiten betrachten. Invece, im

Gegenteil, nichts ist nur schön, nichts ist nur häßlich. Zucker gibt es nicht für alle. Nur vorübergehend haben sie den Satz: „Die Kuh, die man melken will, muß man füttern", vergessen.

Wie die Italiener ihre Krisen meistern, ist meisterhaft. Alle Welt sagt ihnen seit langem den totalen Zusammenbruch voraus, wenn sie weiter ihr „all'italiena" leben. Doch allen Unkenrufen zum Trotz, der Staat ist nicht zusammengebrochen, die Wirtschaft ist nicht in Konkurs gegangen. Nur wenn man hier in Palermo einen Tag lebt, versteht man, warum den Italienern alles verziehen wird: die Verspätung der Züge, die geschlossenen Tankstellen, die streikenden Zöllner, die tausendfach geknackten Autos, die politischen Extremisten.

Die Italiener haben die beneidenswerte Gabe, trotz aller Katastrophen, Glück zu empfinden und es auch noch auf andere zu übertragen. Ein Glück freilich, das man sich nicht erobern muß, das einem zufällt, einfach weil Italien ein Glücksfall der Schöpfung ist. Nicht durch blutige Repression oder durch perfekte Überwachung gehen die Italiener gegen ihre Terroristen vor, sondern durch geduldige Aufweichung des verhärteten Extremismus.

Insgeheim bewundern wir ordentlichen Deutschen die „schlampigen" Italiener, die es verstehen, mit Charme und Geschick das Leben mit bunten Farben zu erhellen, die durch Improvisieren über Probleme hinwegkommen, ohne sie zu beseitigen. Das Hü und Hot, die schweren Zerreißproben. Palermo ist nicht Genua, Neapel nicht Mailand.

Wer hält schon den Zielschuß im Polaroidfoto fest? Vieles ereignet sich gleichzeitig auf dieser Welt. „Während der Arzt studiert", sagt man in Palermo, „stirbt der Kranke."

Als ich hinüberblicke zu dem hageren, alten Fischer, der die verteerten Netze flickt, quillt zwischen seinen Augenlidern etwas Weißes hervor, ein geborstenes Schiff aus dem zweiten Weltkrieg, mit bloßen Füßen, mit der großen Zehe hält er das Garn, täte er den Mund auf (zahnloses Maul), seine Worte wären nicht zu übersetzen. Eine nicht diagnostizierte Krankheit und die nur ihm bekannten Sorgen zehren den Mann auf, von innen her.

Woher ich das weiß? Ich will mir ein Eis kaufen, habe nur einen Fünfzigmarkschein, den kann man nicht wechseln. Der Alte sieht es, winkt dem Eismann, es sei gut, blickt mich kurz an, wird von der Last des Aschenkreuzes auf der Stirn fast erdrückt. Ich danke beschämt. Die dünnen grauen Haare im Gegenlicht wie ein Heiligenschein um den traurigen, jedoch nicht zerstörten Kopf.

Zwei unbesiegbare, vertrauende Augen blicken mich an. Ein Ausdruck von Güte huscht über sein Gesicht. Mit einem Anflug von Erschöpfung und Mutlosigkeit läßt er seine Hände sinken. Die sind von Tauen und Rudern genarbt, tauchen ins violette Salzwasser ein, üben Rettungsgriffe an einem ölverschmierten Seevogel, beschreiben kraftlos unsere Niederlage. Viele sind im Alter allein. Wasserperlen springen von dem Netz, wenn es der Fischer straffzieht. Zwischen schweren Steinen blühen die kleinen Taschenkrebse und glauben, der alte Mann spiele Billard mit einem Blindenstock. Die Fische gefallen sich in ihren winzigen Möglichkeiten. Unablässig wiederholen sie die gleichen Fluchtwege. (Es ist eine Täuschung, dem Köder zu trauen.) Möwen halten kopfwendend Ausschau und schreien. Keine falsche Bewegung in den Händen, die zu dem alten Körper gehören. Ich gehe, stolpere über den unebenen Hafenschotter, ein Wärmegefühl durchströmt mir vom Rücken her den ganzen Körper, ich denke, es war gut, nicht den Versuch unternommen zu haben, den lieben Gott zu fotografieren.

Etwas weiter unten hat man die zerschlissenen Polster eines Zweiersofas ins Meer gestoßen. Er ist mir voraus, nicht nur an Zeit, der hagere Alte. Nie hat er etwas besessen, doch alles ist in ihn eingedrungen, das Meerwasser, die fallenden Tage, der abgelagerte Himmel, das ständige Strömen der Zeit. Wohl dem, der kein Image braucht. Ob der Tod bereits seine Hand im Spiel hat? Ein kleines Mädchen neckt eine getigerte Katze mit einer Papierschlange.

Der Mafia-Krieg in Palermo forderte im ersten Halbjahr 82 bereits 83 Opfer. Familien-Clans liefern sich einen erbitterten Ausrottungskampf um die Vorherrschaft im illegalen Rauschgifthandel mit einem jährlichen Umsatz von fast 40 Milliarden Mark.

Manchmal kommt es überhaupt nicht darauf an, wofür, sondern daß man sich entscheidet. Ob verbissene Arbeit oder stundenlanges Umherschlendern in der Freizeit, das große Abenteuer wollte sich mir nicht einstellen. Um den erstarrten, folgenlosen Umarmungen, den leeren Gesprächen zu entgehen, mein Lieber, entschied ich mich für dieses Schiff.

Aber auch hier nur Sphärenmusik aus den Lautsprechern, diskrete, korrekte Bedienung, kein „Mann-über-Bord-Alarm." Etwas Ungewöhnliches, Überraschendes passiert auch hier nicht. Ich räkele mich im Liegestuhl und schreibe an diesem Brief, während mein Zimmernachbar mit der Schwermut eines Golfspielers an einem Orangensaft nippt. Auch in seinen Augen dieser maßlose Hunger nach Schicksal. Seine Ängste und

Hoffnungen sind der alleinige Antrieb für seine ständigen Reisen. In den Bildern, die er heimlich malt, sei zu viel Gefühl und zu wenig Verstand, sagt er, er male Bilder mit Blut, mit Tränen, mit Haß, mit Gewalt, Bilder mit Tod, Bilder mit Liebe. Nur mit diesen wahnsinnigen Dingen lohne es sich. In seinem Gesicht konnte man lesen, was ich schon früh wußte, daß Lust und Schmerz aus einer Wurzel wachsen, daß unter einer engelgleichen Maske oft das Geheimnisvolle ruht.

Die Schiffsmannschaft verliert sich im Alltag vielfältiger Beziehungskisten. Nur langsam fährt der Film ab. Die Ferne ist ihnen nicht feindlich. Sie können fahren, ihr ganzes Leben lang. Die Unnachgiebigkeit ein und derselben Gedanken. Sie stellen sich die Meerwasseraufbereitungsanlage zu einfach vor. An ein Bett, an eine Frau haben sie keine überhöhten Ansprüche. Sich umarmen, sich trennen im Vorfeld des Tages, entliehene Liebe, der Teufel verpaßt ihnen den Blindgänger, den der liebe Gott heimlich im Morgengrauen entschärft.

Lächelnde Ansichtspostkarten vermitteln täglich hundertfach die arglosen Tage an Bord: ,,Uns geht es gut; wie geht es Euch?“ Alles ist austauschbar, wo wir auch sind. Die Endzeit-Zombis nerven uns an den entlegensten Orten. Einmal nicht ständig das langweilige Bekenntnis der 20jährigen hören müssen, daß ,,alles irgendwie Scheiße“ ist. Sich nicht im aggressiven „No-future“-Jargon anhören zu müssen, daß man auf dem „Null-Bock“ ist. Einmal nicht diesen ätzenden abgekarteten Sprüchen ausgeliefert zu sein. Nichts hören vom alternativen Körbchen, von instandbesetzten Häusern, von Typen auf dem Popper-,Punker-,Polit- oder was sonst für einem Strich. Was man noch spielend erträgt: Udo Lindenbergs Song „Und sie liebten sich gigantisch.“

Dann noch Capri: Die Frau, die mit ihren flossenhaft verwachsenen Händen auf einem Stuhl hockt, die bewußte Beschränkung aller Bewegungsmöglichkeiten. Groteske Geschöpfe bevölkern die Reling. Sie spähen nach einem fehlenden Sternbild, aufgebrauchte Gesichter.

Ein Mann im blauen Blazer, gelbe Krawatte, Mitte Fünfzig, sagt: „Meine unausrottbare Liebe zu Capri.“ Seine Begleiterin in hochmodischen Pumphosen summt die Caprifischer und nickt. Es ist ein Abend, an dem die Gegenstände aussehen wie die Namen der Gegenstände. Die Finger der Flossenfrau verkrampfen sich zu einer Koralle. Das Meer, das ungeheuerlichste Kunstwerk auf dieser Erde, macht alle hilflos und klein. Ein vergeblicher Versuch, gegen sich und die Naturgesetze anzukämpfen.

Ich frage mich, ob dieser imposante Capri-Liebhaber, zerknautscht zwischen persönlichem

Glück und gesellschaftlichem Anspruch, am Ende doch noch von der eigenen Ehefrau zurückgenommen wird. Ganz am Schluß der Reise, in Genua beim Ausschiffen, kam ich mit dem Blazer ins Gespräch, er ist Kaufhaus-Detektiv, und seine Frau betrügt ihn mit ihrem Chef, aus Karrieregründen.

Eva Barner, Jochen Wildung und ein Nachkomme von Axel Munthe seien neu an Bord gekommen. Alle lieben Sandro Pertini, den greisen Staatspräsidenten Italiens. Er habe eine so große, natürliche Fähigkeit zur wirklichen Anteilnahme, bei traurigen wie auch bei schönen, festlichen Ereignissen. Eine Symbolfigur für Integrität, Geradlinigkeit, Menschlichkeit.

Ein Liebespärchen streichelt sich zärtlich den Rücken. Der Kreis schließt sich, man muß nur entsprechende Standpunkte wählen. Ganz weit hinten laufen Wolken in flacher werdende Wellen aus.

Jede Kunst hat seine Zeit. Immer hilft sie uns, unsere Träume und Sehnsüchte, aber auch unsere Ängste besser zu begreifen. Und immer gibt es Menschen, die keinen Ausweg mehr wissen. In der Bar treffe ich den verrückten Schotten, der mir von seiner Stammbaumforschung erzählt. In seinem nächsten Urlaub werde er die Maginot-Linie abwandern, wo im letzten Krieg Deutsche und Franzosen sich die Hintern verballerten. Mich getroffen zu haben, sei schön gewesen. Ein groß gewordener Junge, ein Junge, der immer noch in seiner Badewanne planscht. Er macht mir ein Gefühl des Verlorenseins. Ich schüttele ihn, aber er will nicht aus seinen Träumen aufwachen.

Ich gehe früh schlafen. Canvasfarben der Mond in den schwarzen Augen einer schönen, unantastbaren Frau.

Träume muß man genauso wörtlich nehmen wie die Wirklichkeit

San Francisco

Mein lieber Markus,

obwohl man mich glauben machen wollte, San Francisco habe keinen Bahnhof, sehe ich bereits am ersten weiträumigen Abend die beleuchteten Fenster des aus Los Angeles einfahrenden Zuges strahlen. Hinter den Fenstern sieht man Menschen in den Unterlagen des X. Weltkongresses für Gynäkologie und Geburtshilfe blättern. Der Zug hält. Die Menschen steigen aus. Vor ihnen wird ein Transparent entfaltet „San Francisco, everybody's favorite city".

Die Lokomotive wird abgekoppelt, obwohl noch niemand damit gerechnet hat. In den Waggons gehen die Lichter aus. Den Passagieren wird klar, man erkennt es deutlich an ihren Mienen, daß der Rückweg jetzt abgeschnitten ist. Gefaßt wenden sie sich den sie empfangenden Gruppen und schließlich der Stadt zu.

Entsetzlich lang läutet das Telefon auf dem leeren Bahnsteig. Ein poröser Schaffner versucht, den Hörer von der Gabel zu nehmen. Ich lehne mich weit aus dem Fenster, um die vergeblichen Versuche des kleiner werdenden Mannes besser sehen zu können, da passiert es, die Brüstung gibt nach und ich stürze in die Tiefe, spiegele mich in der glitzernden Fassade eines gläsernen Titanen, eines dieser Wolkenkratzer aus der dritten Generation, breite Arme und Beine auseinander, um die Geschwindigkeit abzubremsen, da wirbele ich auch schon über die kaskadenförmig gestaffelten Geschosse — in meinem Kopf reißen Vorsprünge ein, Erfahrungen bleiben hängen —, und ich erwache aus meinem ersten Traum in Amerika.

Wer Bewegung im Kopf sucht, kann in seinem Leben keine Exzentrik gebrauchen. Im Vergrößerungsglas des Nebels taucht unser Hotel auf. Ein putzmunterer Zeitungsverkäufer ruft originelle Todesfälle aus: San Franciscos bekanntestes Playgirl vergiftet, Direktor der Transatlantic vom Blitz erschlagen. Auf der Brust hat der Zeitungsverkäufer Tätowierungen von Ländern, die es nicht gibt. Oder sind es nur paradiesische Ekzeme?

Nein, keine Angst, mein Lieber, die Nacht bleibt nicht stehen, das Leben geht weiter, nach dem Mond wird die Sonne wieder kommen. Ich werde innerlich bluten, im positiven Sinne, nicht stehen bleiben, weiterfließen, mich nicht verknoten. Wer tief unten anfängt, kann hoch steigen. Ständig sucht man nach neuen Ideen. Morgen ist wieder ein Tag, und ich bin dabei. Es sei denn, ein Traum würde endgültig die Zeit abschaffen.

Der Nebel wühlt sich in die beleuchteten Hotelfenster und ins Hauptportal. Eine dicke Negerin spricht heisere Gebete in diese lange Gegenwart. Ihr Herz trägt sie in einer Plastiktüte mit sich herum. Malen sei keine Besessenheit, erklärt sie uns Ahnungslosen, sondern eine Notwendigkeit. Besessenheit sei eine Sucht und die Sucht die Karikatur der Liebe.

Komische Typen sind hier die Norm. Deshalb findet hier ein eigenartiger Umkehrprozeß statt, und die sogenannten Normalen sehen hier wie freaks aus. Es ist wie Karneval. Der „underground" ist der „overground".

Die Beatniks sagten dem Materialismus ab, philosophieren jetzt über Zen-Buddhismus und Schriftstellerei, über Jazz und Drogen. Sie trinken Wein und sind up-to-date und cool. Mitte der 60iger Jahre kamen die Hippies, die geselligen Blumenkinder. Sie suchten den Rausch in Drogen, im hard rock. Beatniks und Hippies sind fort, geblieben ist ihr Slang, ihre Musik, ihre lockere Art zu leben. Die Gegenkultur wurde Kultur.

In dieser Stadt, in der alles möglich ist, begannen auch andere Bewegungen: Free Speech, Radical Left, Black Power, Gay Liberation. Ein Magnet,

Wolkenkratzer in San Francisco

der Andersdenkende, Alternative, Experimentierer in das Energiefeld seiner Freiheit zieht.

Alles Konventionelle wurde in Frage gestellt: die Supermärkte und Kaufhäuser, geschäftstüchtige Ärzte, pillenverteilende Krankenhausfabriken, die unterdrückende Justiz, veraltete Unterrichtsmethoden, verkrustete Religionsgemeinschaften. Die Geburtsstätte der Bürgerinitiativen, die gegen Kapital, Banken und Spekulanten, den Bau von Hochhäusern, Wahlmanipulationen antreten.

Hier sieht man keine Peitsche in der Hand, keine dressierte Unnatur. Hier wird man nicht (mehr) „shanghait". Die Machtkämpfe von Standard Oil, Pacific Telefon und Levis Strauß, die sieht man nicht, obwohl die hier zu Hause sind.

Viele liebenswürdige Jagdscheine für diese Stadt, von der anmutigen Prinzessin bis zum leichtlebigen Flittchen, vom Wahnsinn, den schönen Frauen, ein kosmopolitischer Einheitsbrei, exotisch ausgeflippt. Verrückte haben nun mal diese weitherzige moralische Toleranz.

Die tollsten Geschichten kursieren immer in San Francisco. Der habe mit seiner zehnjährigen Schwester geschlafen, der habe seine Mutter aus dem Bus gestoßen, der habe ein kleines Mädchen ertränkt oder wochenlang mit einer Schaufensterpuppe zusammengelebt.

Du weißt, mein lieber Markus, daß ich Dir nicht die touristische Idylle, nicht die millionenfach abgelichteten Fotokulissen von „everybody's favorite city" näherbringen will, sondern die soziale Wirklichkeit des Alltags, das Dahinter.

Immer wieder habe ich mich gezwungen, von den bequemen Trampelpfaden des Tourismus abzuweichen und hinter die Fassaden zu sehen. Denn hier brodelt es im liberalen Klima Kaliforniens. Laß die anderen ihre Sightseeing-Programme abspulen, ich tauche ein in die Welt der Neinsager, der Umweltschützer, der Gurus und Wahrheitsprediger, der Heilbringer und Teufelaustreiber. Dieses heftige, rebellische American way of life ist nun keineswegs miesepeterisch ernst, sondern produziert die amüsantesten Auswüchse. Leute, die keinen Spaß verstehen, bezeichnen deshalb San Francisco gern als Neurosentreibhaus voller Narren, als Wundertüte zwischen Sierra Nevada und Pazifik.

Seit dem Goldrausch von 1849 zieht es jährlich eine viertel bis eine halbe Million Menschen ins gelobte Land, viele mit dem Traum aufs schnelle Geld. Innerhalb eines Jahrhunderts wurde aus einem vergessenen Stückchen Erde einer der fortschrittlichsten Staaten der Welt.

Irgend etwas hat in Kalifornien immer rasenden Zuwachs. Gold, Öl, Filmindustrie. Millionäre werden am Fließband produziert. Aber auch Panzer, Bomben, Raketen, Flugzeuge, Kriegsschiffe.

Der Schatten der Multis, nicht nur der von Coca-Cola, Nestle und Exxon ist allgegenwärtig. Der Kuchen ist nicht für alle da. Doch vom Hörensagen kennen alle die Luxusorgien, das dicke Geld der Karrieregeilen, die Techtelmechtel der Popstars. Hier kann man sogar noch Hitlers Geburtstag feiern.

Der Alltag mit seinen vielfältigen Beziehungskisten. Nur langsam fährt der Film ab. Ein totes Gesicht kassiert ab. Vor einem ausgeräumten Spielsalon flattern nachcolorierte Pinup-Postkarten. American Dancing Bar. ,,Öffne diese Tür! Es erwartet dich aller Gehirnzauber dieser Welt! Panikorgasmen schütteln dich zu Tode.'' ,,Ranziges Europa'', lallt einer abfällig hinter mir, ,,hier ist geschlossen.'' Unter seinen Füßen knistert das Cellophan einer Erdnußtüte. Ein leeres Gesicht blickt leer auf die ausgestreckten leeren Händen.

Es gibt Menschen, die haben Fluchtgefühle, immer, wo sie auch sind. Sie laufen weg, vor anderen Leuten, vor sich selbst. Und man trifft sich wieder am so weit entfernten Ort und wundert sich, daß man sich nicht verändert hat.

Ein paar Unbeteiligte gibt es immer. Es gibt so viele Menschen auf der Welt, die noch nie das

Meer gesehen haben und es sich auch nicht vorstellen können. Ebensowenig wie die katastrophale Wirkung der amerikanischen Marschflugkörper. Armut ist nicht immer tugendhaft, Reichtum nicht immer ein Verbrechen.

Ein Mann beugt sich vor und streichelt die Finger seines Freundes mit den Fingerspitzen. In den Staub eines Kanisters hatte er geschrieben „I love you", dann läuft er fort. In dem Zurückgebliebenen scheint etwas auszusetzen wie das Stehenbleiben eines plötzlichen Windstoßes.

Das introspektive Echo einer Reise: Visionen von Nadeln, Heroinnächte voller Geburt, habgierige Ohren, erinnerte Schmerzen, sich nicht abfinden können mit dem Datum, die vielen Hände der Erde, die durchstochenen Augen, die Schlaflosigkeit der Aufgeputschten. Manchmal hält man den Atem an und glaubt, die ganze Stadt halte den Atem an. Manchmal kollidieren die Planeten, aus Einsamkeit.

Hormonelle Störungen können intellektuelle Krisen mit sich bringen, einige hinterlassen Gifte, andere Heilmittel. Wer wird schon gern vom Leben getötet, dafür haben wir doch den Tod, und zu dem ist es noch sehr weit. Wer kommt schon ohne Stichverletzung durch diese gemauerte Welt? Doch bankrott sind die Götter San Fran-

Sage, wann. . . (gebremster Durchblick)

ciscos nicht. Also gehört es sich auch nicht, ihnen Flugasche in die Augen zu streuen!

Da entdeckt einer die Ebene ohne Oberfläche. Da starrt einer stundenlang an eine belanglose Wand, überquert die Straße und starrt dort wieder an eine Wand, redet dann schließlich über die nukleare Endzeit. Ich sehe zu, wie der einarmige Freund einer schüchternen, hinkenden Chinesin durch langsames Weggehen nicht den Eindruck erwecken möchte, zurückgerufen zu werden. Manchmal wird durch einen grußlosen Abschied die Welt aus den Angeln gehoben. Erdbeben und Sonnenfinsternisse gehen vorbei. Das psychedelische Rock-Publikum saß auf dem Boden. Jetzt tanzen sie wieder zu soul, disco, new wave, nicht nur die Jungen.

Im Keystone Korner und Fab Mab hocke ich zwischen ausgeflippten Typen der Punk- und Newwave-Szene, lausche den extremsten Jazzgruppen, im I Beam dem San Fran Sound, und im Ribbles dreht sich die Schickeria. Drahtige Neger und poppige Gays turnen schwindelfrei durch die Leiber. Exotische Mädchen aus Costa Rica und Mexiko wippen gegen den Rhythmus der Rockgruppen. Alles verrückt, aber diszipliniert, wenig Alkohol, kaum Drogen. Die ausgeschickte Taube kommt mit leerem Schnabel zurück, läßt sich in einer Nische nieder, den sie für einen Herrgottswinkel hält. Ein übriggebliebener blinder Hippy erzählt, wie er sich jetzt die Welt vorstellt.

In einem Gesundheitslädchen lerne ich bei einem Karottensalat mit Rosinen Anke Teichgräber aus Hamburg kennen. Seit 12 Jahren lebt sie hier und arbeitet im Goetheinstitut. Wenn sie ihre Eltern in Hamburg besuche, komme ihr alles so eng und kleinkariert vor. Sie bereut nicht, einen Löwenbändiger von Mann verlassen zu haben und einen Schreihals von Sohn. Sie lebt hier allein in einem dieser viktorianischen Häuser mit vorgezogenem Balkon und Feuerleiter, selbstsicher, frei, läßt sich von niemand hereinreden in diese eigenartige Isolation. Sie kocht mir einen hervorragenden Tee, sitzt in der schlicht möblierten Wohnung mit angezogenen Beinen auf dem Boden, keine Emanze, doch sie weiß, was sie will: nie mehr nach Deutschland zurück. Starr und steif in den Tag hineinzuleben, kann sie sich nicht mehr vorstellen. Ohne Zorn spricht sie vom früheren sattgefressenen Schlafen, von den wenigen Luftlöchern in den angstmachenden Träumen. Am Wochenende fährt sie in die nahen Berge und die Red Woods, meistens allein, manchmal mit einem Bekannten, von dem sie sicher ist, daß er nichts von ihr will.

„Im dünnen Putz der Liberalität sind Risse", sagt sie, während sie eine Platte von Judie Collins auflegt, die gerade im Fairmont Hotel gastiert. „So unbegrenzt sind die Möglichkeiten nicht für die Schwarzen, Chinesen, Mexikaner, Philippinos und die vielen anderen „ethnic minorities", und würden die nicht hin und wieder den Rathaushengsten mit einem Mau-Mau-Spielchen tüchtig einheizen, gingen sie ganz vor die Hunde. Die Nacht liebe die Blinden, sagt sie. Sie geht zum Fenster, bläst Seifenblasen auf die Straße zu den spielenden Kindern. Durch die Kanalisation hindurchschwimmen müsse man ins freie Meer. „Well, es ist alles höchst lästig, aber Gott sei Dank leben wir in San Francisco."

In jedem Klischee ein Stück Wahrheit. San Francisco die Zufluchtsstätte für die, die sonst nicht zurechtkommen, die Stadt für Hoffnungsvolle, die Stadt für Fliehende, San Francisco die Endstation Sehnsucht. Oft nur, bis der Alltag die Aussteiger einholt, Geld, Job, ein Zuhause. Manche Träume gehen auch trotz vieler Vorzüge in San Francisco nicht in Erfüllung.

Erstaunlich viele San Franciscans leben in einer ständigen Erdbebenangst und meiden deshalb die Hochhäuser. Offenbar leben viele auch in anderen Ängsten, denn San Francisco hat mit Abstand die höchste Selbstmordrate der USA. Eines der begehrtesten Sprungbretter in den Tod ist und bleibt die Golden Gate. Nicht immer streichelt das Wasser die Steine. Was keinen Tauschwert hat, werfen die Wellen zurück ans Land. Man muß immer träumen und höherspielen.

,,Where do you come from?" fragt der Taxifahrer Chris spitzbübisch, als ob er nicht längst gemerkt hat, daß ich ein German bin. Die Vorfahren seiner Frau stammten aus Deutschland. Ob der neue Kanzler Kohl besser sei als Schmidt. So ähnlich wie Reagan sage ich. O.K. Er zeigt mir einen echten Sheriff, der schwitzt und scharfgeladenes Brustgewehr am Körper hängen hat. Chris ist blond, groß, hat Haare auf der Brust, so wie sich deutsche Frauen einen Kalifornier vorstellen. ,,Nein, die Straße, die Sie suchen, gibt es nicht, glauben Sie mir, ich bin hier geboren, ich könnte Sie Nebenwege fahren, aber dieser Schlitten säuft und säuft, verstehen Sie?" Ja, ich verstehe. Himmelblau stoppt der Gegenverkehr, weil der träumende Chris eine Ampel bei Rot überfahren hat. Statt sich zu entschuldigen, ein herausforderndes Staunen. Und dann kommt das dickste Ei, er versichert, Mr. Faulkner sei ständig im Haus seiner Eltern verkehrt und habe dort seinen Whisky getrunken. Nächtlings habe er in einer Tarnkappe die Bay durchschwommen. Niemals habe Mr. Faulkner geschmunzelt, er habe immer nur geraunzt, mit food stamps vom Sozialamt jedoch nie zahlen müssen, im Tenderloin nie den Bürgersteig vollgekotzt.

Erdbeben? Er wisse natürlich auch, daß rein statistisch die Gefahr eines Erdbebens immer näher rücke und daß die Richterskala nach oben offen sei. Die Spannung wachse von Tag zu Tag. Die Atomreaktoren von Barkeley blieben vermutlich verschont. Ignoranz? Galgenhumor? Irgendein Risiko müsse man schließlich in Kauf nehmen. Lieber den großen Tisch verrücken, von dem man ißt, als den kleinen Stuhl, auf dem man sitzt.

Du weißt, ich habe mir angewöhnt, auf meinen Reisen die Friedhöfe zu besuchen, weil man aus der Art der Bestattung sehr viel über die Menschen eines Landes erfahren kann. In San Francisco habe ich keinen Friedhof gesehen. Es würde mich nicht wundern, wenn hier die Toten weiterleben würden oder auf irgendeine extravagante Art und Weise verschwänden.

Chris sagt, ich müsse unbedingt noch nach Las Vegas und Hollywood, das sei ja nur ein Katzensprung von hier. Los Angeles könne ich mir sparen.

Schreibverbot? Nein, davon habe er nie etwas gehört. Wenn einer natürlich Häuser in die Luft baue, dürfe er sich über nichts wundern. Was hält ihn gefangen in dieser Stadt? Ein weises Lächeln, Mandelbäume könne man schließlich nicht erfinden. Dem die Augen verbunden sind, den nenne er einen Blinden.

Den Städteplanern ein Dorn im Auge, den Umweltbewußten Beweis für die Wirksamkeit von Bürgerinitiativen sind die in der Luft hängenden amputierten freeways, die abgehackten Superstraßen. San Francisco ein fliegendes Himmelbett, ein Ballon, der über dem allen hinschwebt (wie auf den Postkarten). Der Froschkönig wirft den Ball in die Luft, und wer, glaubst Du, fängt ihn auf?

Erst denkt man, es ist einer in den Wolken, dann erkennt man den Zauberer auf der Pyramide des 260 Meter hohen Transamerica-Building. Das höchste Gebäude von San Francisco wurde auf Stelzen errichtet. Mein Hotel steht direkt daneben, und ich lerne diesen Giganten zu lieben und schön zu finden.

Eine weitere Attraktion der Stadt liegt auch ganz in meiner Nähe, ,,die kurvenreichste und schönste Straße der Welt'', die zum Nob Hill führende Lombard Street. Auf ihren Rasenflächen und Blumenbeeten begann der Kult der Blumenkinder Anfang der sechziger Jahre. Obwohl städtisches Gelände, pflegen die Anlieger ihren Lieblingsgarten auf eigene Kosten selbst.

Viele Entdecker und Weltreisende segelten an der herrlichen Bucht von San Francisco vorbei, bis ein spanischer Missionar genauer hinsah, anlegte und 1776 das erste Kloster zu Ehren des Heiligen

Diese Spielregel verstehe ich nicht

Franziskus von Assisi gründete. Seit 1846 gehört San Francisco zu den Vereinigten Staaten.

Als dann in der Nähe von Sacramento, der Hauptstadt des Bundesstaates Kalifornien, große Goldvorkommen gefunden wurden, wurde San Francisco zum Eingangstor für Abenteurer und Glücksritter.

1869 wurde die über 4 000 Kilometer lange Eisenbahnlinie zur Ostküste und damit zum Rest der Welt fertiggestellt. Manchmal regnet es auch in San Francisco, ein Zug hat Verspätung, und ein junger Mann wartet stundenlang auf seine Freundin. Kommt sie endlich, gleitet ihr Lächeln davon, und er versucht vergebens, seine Finger darum zu schließen.

Kein Hotel, keine Bank, kein Kaufhaus ohne Dutzende Wasseranschlüsse für Feuerwehren, die nicht wieder, wie 1906 nach dem großen Erdbeben, ratlos dastehen wollen. Die Perle am Pazifischen Ozean darf nicht noch einmal untergehen. Sich in eine Göttin zu verlieben, sagt Chris, kann tödlich sein.

Ich könnte Dir natürlich auch erzählen von den vielen Kriegen in Amerika. In der Mitte des 18. Jahrhunderts prügelten sich die Franzosen, Spanier und Engländer um Amerika, und der strahlende Sieger war England. Und weißt Du, welches Buch in diesem Krieg spielt? Unser guter alter „Lederstrumpf"! Nur, schwirrende Pfeile, sausende Tomahawks habe ich nicht mehr gesehen. Der Kampf ist raffinierter geworden. Die Ölmultis verteilen ihr Feuerwasser; nur selten werden sie dafür skalpiert. Ganz so einfach wie in den Büchern ist es im Leben nicht. Man hat da nicht immer auf der einen Seite die wortbrüchigen, feigen Schurken und auf der anderen die edlen, selbstlosen Retter. Nicht alle Weißen hatten eine gespaltene Zunge, nicht alle Rothäute liebten die Wahrheit. Oft wurden die Falschen in die ewigen Jagdgründe geschickt.

Träume müsse man genauso wörtlich nehmen wie die Wirklichkeit, sagte Anke. Das Rückerobern des Kindseins oder Bewahrens müsse wieder selbstverständlich sein. Es gibt ja so unendlich viele Glücksvorstellungen, nicht nur in dieser Stadt. Vielleicht ist Amerika das Katzengold der Birgitta Ahrens. Hier ist Platz für viele Wünsche.

Erzählen müßte ich Dir von dem Tätowierer, der auf dem Broadway in einem schnieken Laden gerade einen Kunden in Arbeit hatte und mich bat, hereinzukommen und zuzusehen.

Erzählen müßte ich Dir von der zivilisiertesten Fahrweise, die ich je in einer Großstadt von diesen Ausmaßen gesehen habe. Es ist eine Freude, als Fußgänger durch San Francisco zu schlendern. Nie mußte ich Angst vor rasenden Autos haben. Keine Panik, keine Hetze. Mein Kompliment an San Franciscos Autolenker!

Ein richtiger Indianer mit einer Katze auf der Schulter schlendert seelenruhig, sein Pfeifchen schmokend, durch die Menge. Pantomimen, Zauberer, Säbelschlucker, Flöten-, und Geigenspieler, ganze Theatertruppen, Marionettenspieler, Krebsverkäufer, T-Shirt-Händler, die in die Tausende gehen. Aber alles geordnet, nie Krawall. Keine Schlägerei, kaum ein Betrunkener.

Und dann Chinatown, mit seinen 65 000 Bewohnern die größte Chinesenstadt außerhalb Asiens. Mit eigenen Läden, Restaurants, eigenen Zeitungen, einem pagodenförmigen Tempel, mit Drachensymbolen verschnörkelten Straßenlaternen und einem etwas langweiligen Museum. Erstaunlich, daß diese Chinesen oft kaum oder sehr schlecht englisch sprechen! (Ähnlich wie bei uns die Türken, in einer halb gewollten, halb erzwungenen Isolierung.) Vergebens verbirgt eine Frau ihr Gesicht. Oft bleibt Trauer und Angst zurück, oft ein schlechtes Gewissen.

Erzählen müßte ich Dir von dem unbeschreiblichen Ausblick vom Dachrestaurant eines Nobelhotels auf den Nob Hill. Ein Zufall, daß es mir gelang, für eine Viertelstunde einen dieser begehrtesten Logenplätze der Welt zu ergattern. Oder von Sausolito, einem Paradies exklusiver

Bungalows, an einen Felshang geklebt, oder von der Siedlung auf den abenteuerlichsten Hausbooten. Oder von den Muir Woods, wo über hundert Meter hohe Mammutbäume stehen. Bäume so dick, daß sie zehn Menschen gerade umgreifen können. Es gibt sogar solche Bäume, durch die man mit dem Auto fahren kann. So vieles, das man nicht in Worte zu fassen vermag!

Aber, mein Lieber, so ganz verschonen mit der Geschichte kann ich Dich nicht. Um 1775 entglitt „Amerika" immer mehr den Engländern. Demagogen wiegelten die Habenichtse auf. Der Druck Englands erzeugte bei den „Amerikanern" ein Zusammengehörigkeitsgefühl, schweißte sie zu einer Nation zusammen. Die Radikalen, die sich wie sooft Patrioten nannten, forderten den totalen Krieg, den amerikanischen Unabhängigkeitskrieg. Am 4. Juli 1776 erklärten die ersten zwölf Kolonien ihre Loslösung von England, die Vereinigten Staaten waren entstanden. Offiziell anerkannt wurden sie nach schweren Kämpfen am 5. Dezember 1782, also vor 200 Jahren. Dann dauerte es noch bis zum 4. März 1889, bis die Verfassung proklamiert wurde. Der erste Präsident war George Washington. Und Staatenbildungen werden gefeiert, obwohl es noch niemandem gelungen ist zu beweisen, daß sie den Menschen, die darin leben oder leben müssen, Glück bringen. Ein Staat ist ja nicht unbedingt etwas

Natürliches, Gottgewolltes, sondern etwas, das sich machthungrige Menschen ausgedacht haben.

Vor 150 Jahren standen nur einige Holzbaracken spanischer Viehzüchter auf der sandigen, nebligen Halbinsel, wo heute San Francisco steht. Katholische Missionare brachten den Indianern zu Ehren des heiligen Franz von Assisi die Vorzüge der westlichen Zivilisation bei. Freie Menschen wurden aus ihren Lebenszusammenhängen gerissen und zu Landarbeitern degradiert. Zudem wurden die so Gedemütigten von aus Europa eingeschleppten Epidemien befallen. Eine heile Welt wurde aus den Angeln gehoben. Würdest Du Dir ein Bild kaufen wollen, das sich der andere von Dir macht? Hättest Du kosten wollen, ob die Eingeborenen den Eindringlingen Gifte oder Heilmittel überließen? Hätten wir einen Blick für das vieltausendfache Sterben gehabt?

Die wichtigsten historischen Einschnitte: die Besiedlung durch die Spanier 1776, nachdem sie den gewaltigen Meerbusen duch Zufall 1769 entdeckten, der Goldrausch von 1848/49, dann das Kriegsgeschehen im Pazifik im 2. Weltkrieg.

Vor 5000 Jahren gab es schon Indianer hier. Sie tanzten „auf der Kante der Welt", wohnten in kleinen Dörfern rund um die Bucht.

Warum zum Teufel, wirst Du fragen, wollten die Europäer unbedingt dieses Land besiedeln? Zu

Jesus schützt, er liebt Dich

Hause hätten sie alles viel bequemer haben können. Als Kolumbus 1492 die Neue Welt entdeckte — es waren sicher schon hundert andere vor ihm da —, fand er keineswegs kriegerische Wilde vor, sondern freundliche, friedliche Indianer. Erst als die Eindringlinge den Rothäuten die Siedlungen niederbrannten und ihnen die Jagdgründe streitig machten, entstanden Haß und Krieg. Hieran nun auch noch den Eingeborenen die Schuld zu geben, ist typisch europäisch. Man wiegelte Indianerstämme gegeneinander auf und schonte sein eigenes Blut. Ganz Unbelehrbare wurden zur Zwangsarbeit gepreßt oder auf Scheiterhaufen verbrannt, im Namen des christlichen Gottes. Der Papst und die europäischen Regierungen hatten auch nichts dagegen, daß man in Afrika Neger einfing und sie als Sklaven nach Amerika verfrachtete, damit dort die Herrenrasse nicht so schwer arbeiten mußte.

Kleine Buben und kleine Mädchen stellen sich hier die gleichen Fragen wie bei uns, wenn sie von bunten Science-fiction-Abenteuern des Fernsehens, das hier rund um die Uhr sendet, ins so gehaßte Bett geschickt werden. Ein 10jähriges Mädchen sagte mir, es freue sich darauf, endlich einmal von Liebe verschont zu bleiben. Sein Stofftier habe keinen Namen, das fänden die fragenden Erwachsenen beängstigend.

— Du weißt, wenn man Briefe schreibt, kommt

manchmal ein Wortspiel dazwischen und zerreißt den Gedankenfluß. —

Manchmal wechselt die Stadt ihr Gesicht, für einige Minuten oft nur, dann siehst Du den Wahn, wie er sich durch den Kopf eines Puertorikaners frißt. Du siehst Menschen, die sich heftig umarmen, ohne sich zu kennen. Ein Chinese hat einen Schatten hinterlassen, in den ein Mexikaner paßt. Dann mußt Du die Augen schließen und gehen. Mühelos kommst Du an eine Grenze: Du kannst zusehen, wie sie ihre Wünsche füttern, Du kannst sie die weiße Linie auf ihren freeways überspringen sehen, Du hörst das dumpfe Aufklatschen, wenn sie sich von ihren Brücken schubsen. Grundlos hält sich einer die Hand vor die Augen, buchstabiert Wörter aus einer fremden Sprache, und plötzlich ist das Meer weg, in das er sich stürzen könnte.

„Gentrification“ heißt das Zauberwort, Gentrification heißt, daß reiche Bürger in die guten Wohngebiete der Stadt eindringen, die viktorianischen Häuser herausputzen und damit die Schwarzen, die Latinos und andere ethnische Minderheiten vertreiben, die die hohen Mieten nicht mehr zahlen können. Wenn die Boutiqueusen anrücken, ist das muntere, funkige Leben zu Ende. Die Schickeria mag Kosmetik-Shops und keine Sozialwohnungen. So verschiebt sich das Herz dieser Stadt ständig. Am deutlichsten schlägt es derzeit im Underground des Mission District unter den bärtigen Intellektuellen und vegetarischen Sandalenträgern. Vielleicht wird es einmal das, was in den 50er Jahren für die Beat-Generation das North Beach war und in den 60ern für die Hippies Haight-Ashbury.

Der legendäre Haight-Ashbury District, wo sich vor 15 Jahren die love-and-peace-predigenden Blumenkinder sammelten, ist fade geworden. Da ist jetzt eine brave, schmucke, saubere Wohngegend, zwar vorzugsweise für Alternative, jedoch teuer, ohne Rebellion, mit schnieken Boutiquen, Galerien, Cafés garniert.

Im North Beach trinkst Du deinen Cappuccino neben einem grüblerischen Literaten oder einem Alt-Hippie, zwischen Punks und filmenden Touristen. Am Broadway locken die voluminösen siliconverstärkten Brüste der Striperin Carol Dod und die Leuchtschrift ,,Touch a girl for a dollar" neben dem Buchladen des Herausgebers von Allan Ginsberg.

Eine graue Kehrmaschine der städtischen Müllabfuhr dreht auf einem leeren Platz mit blinkendem gelben Licht auf der Stelle. Der Abfall, die Papierfetzen, die Kippen, die der Kehrmaschine entgehen, wehen gegen eine defekte Telefonzelle. Ein Mann sucht etwas in einem zerfetzten Telefonbuch.

Hier im Tenderloin District im Südosten des Union Square ist die Zufluchtstätte der „down-and-outs". Hier ist San Francisco anders. Hier liegen Betrunkene auf dem Bürgersteig, hier promenieren Prostituierte letzter Kategorie vor dubiosen Hotels, hier stehen verloren entwurzelte alte Menschen vor den dreckigen Bars und Sexkinos. Hier bleiben die Scheiben eingeschmissen, hier sind die Reklameschilder verloschen, die Schlagzeilen am Kiosk erblindet. Hier hat man letzte Nacht eine Schwangere ermordet, hier in einer kleinen Sackgasse namens Burrit Alley stieß man auf ein Massengrab. Erschossene Drogenhändler oder andere Wahnsinnsopfer? Hier in der Skid Row beginnt das Ende der Welt. Hier mußt Du ernsthaft aufpassen, daß Du keine über die Rübe bekommst und ausgeplündert wirst. Da nützt Dir auch die von Chris und Anke empfohlene Trillerpfeife nichts mehr.

Ich steige in den letzten Bus und habe ein eigenartiges Gefühl der Überdehnung. Die Erinnerung arbeitet in Wörtern. Der Alte blättert noch immer in dem zerfetzten Telefonbuch. Zwei junge Männer in engen Lederjacken verschwinden gemeinsam in einer Toilette unter der Erde. Ein alleingelassener Hund winselt vor einem Plakat von Jerry Lee Lewis. Ein kleines Mädchen weint nach seiner Mutter, die von weitem aussieht wie Marilyn Monroe und sich stereotyp die Haare aus der Stirn schüttelt, als habe sie diese Pose monatelang eingeübt. Eine kleine Flitze läßt sich von einem Mann im Rollstuhl hinter Mülltonnen befingern, und eine abgegriffene Dollarnote wechselt ihren Besitzer.

Ich fahre vorbei an Parolen wie „Stop the massacres in El Salvador“ oder „Free Puerto Rico“, die auf die vielen lateinamerikanischen Emigranten hindeuten. Diese wohnen jedoch meist in bestimmten Stadtteilen zusammen wie die Chinesen, Japaner, Philippinos und Italiener auch. An für sich eigenartig für eine so liberale Stadt wie San Francisco. Und trotzdem leben die unterschiedlichsten Gruppen offenbar friedlich miteinander. San Francisco hat schon immer Menschen angezogen, die anders waren, die anders leben wollten.

Die Straßen und die Lichter übertragen ihr Fieber auf meinem Körper. Schwindelfrei wie ein Dachdecker müßte man sein. Ein Mädchen mit zerbissenen Fingernägeln sitzt vor mir im Bus und erklärt ihrem Freund, wie sie sich die Zukunft vorstellt. Der Boy aus der upper-middle-class möchte nicht so werden wie seine geschiedenen bisexuellen Eltern, die sich an exzentrische Sekten klammern. Auch er möchte den Bau höherer Wolkenkratzer und breiterer, schnellerer Stadtautobahnen bekämpfen. John und Mary Doe verehren schon lange nicht mehr „bigger is better." Keine unerbittlichen Scheußlichkeiten, keine Panik.

Artworks nennen die Amerikaner ihre Kunstobjekte. Geheimnisvolle Versprechungen hinter dem Knitterpapier einer schwarzen Haut. Viele gehen bis an die Grenze des Sehvermögens. In einer Ausstellung einer Gruppe amerikanischer junger Wilder steht hinter dem Wort Titel meist „ohne". Viele Gags, die nach 15 Sekunden weggeplatzt sind. Was niemand wahrhaben will: Auch hier hat sich eine Schicht zwischen die Akteure und ihre Betrachter gelegt. Atemnot gibt es auch hier. Aber man hat einen bunten Teppich gewoben.

„Ich bin Wasser, du bist Wasser", sagt Yoko Ono. Trotz der jungendlichen Frische verdorrt auch hier einiges, trotz des raffinierten Untertauchens. Man kann sich nicht ewig frisch halten, irgendwann kommt der große Verschlucker. Auch hier sind manche total blockiert, begnügen sich mit Schrottauswerfen, lassen nur masochistische Schatten zurück.

Viele Schauspiele gibt es in dieser Stadt umsonst: Den Sonnenaufgang über der Bucht von San Francisco, dieses wahnsinnige Licht, die aus dem Nebel auftauchende Golden Gate. Und dann das enge Nebeneinander von Gegensätzen. Banker und Penner, hochhackige Sekretärinnen und

Ein Fabrikfenster verachtet die Putzfrau

stumpfe Tablettenschluckerinnen, clevere, auffallend seriös gekleidete Geschäftsleute und Dreckspatzen in vergammelten Jeans.

Wenn Du in San Francisco um Wechselgeld („spare change") angegangen wirst, so heißt das lediglich, daß das Geld von Dir zu dem Empfänger überwechselt. Dollar-Angeln kann man hier auf viele Arten, in zu Touristenfallen umgebauten Schokoladenfabriken, in Konservenfabriken, auf Schiffswerften und Anlegestegen.

Und alles so groß! Unser Kongreßgebäude, benannt nach dem vor einigen Jahren ermordeten Oberbürgermeister Moscone, bewältigt am Tag gut seine 20 000 Besucher. Straßen, zum Beispiel die Mission Street, sind 10 — 15 km lang. Die 13 km lange Bay Bridge verbindet San Francisco mit der Universitätsstadt Berkeley (und Oakland). Hier ist die Brutstätte vieler Demonstrationen, auch für Aktionen für Behinderte (überall rollstuhlgerechte Rampen und Aufzüge), Recycle-Fans, Windmühlen- und Sonnenkollektorenbastler. Busse zum Nulltarif gibt es hier. Jongleure, Flugblattverteiler zwischen den Studenten der nobelpreiträger-produzierenden Uni.

San Francisco tanzt oft aus der Reihe. Drumherum wählt man konservativ, hier links. Die Namen der beiden Kalifornier Richard Nixon und Ronald Reagan hört man hier gar nicht so gerne.

Irgendwelche Aktionen, die auf gesellschaftliche Änderungen aus sind, laufen hier immer. Hier wächst ein ausgeprägtes Gefühl für soziale Gerechtigkeit.

Die Dichter beklagen immer die Menschen ohne Sinn für Verluste. Da sie keine aktiv Handelnden sind, beschreiben sie ständig ihre Ohnmacht, oft in einer Sprache, die keiner versteht. Doch auch Jack London und Upton Sinclair waren hier zu Hause.

Das Ferry Building blinkt Signale in den Himmel oder aufs Meer. Ich gehe an einem grauen Vormittag im Nieselregen die Hafenanlage entlang und fotografiere die originellen Graffitis. Vielleicht nehmen wir den Ort, wo man sich gerade aufhält, einfach zu ernst. Selbstverständlich werde ich wieder zurückfliegen, die ersten deutschen Zeitungen durchblättern, flüchtig nur die dicken Überschriften streifen. Statt „Thank you" werde ich wieder „Danke" sagen. Gehorsam wird mich das Echo verfolgen: „Amerika, das ist die Entwicklung von der Barbarei zur Dekadenz, ohne den Umweg über die Kultur", sagte Clemenceau wohl allzu spitz. Ein Zufall ist es schon, daß es so ein Land und eine solche Stadt gibt.

Angst? Ob ich Angst habe in dem Land, in dem jährlich 5 Millionen Menschen Opfer eines Verbrechens werden, in dem jährlich 100 000 Morde geschehen, 5 000 Jugendliche sich mit Heroin zu Tode spritzen. Eigentlich nicht. Ich habe nur friedliche Menschen getroffen. Doch man sagte uns immer wieder, geh da nicht hin, geh nicht allein, geh ja nicht nachts allein durch diese Straße, sie schlagen dich wegen einem Dollar zusammen. Ich ging überall hin und habe nur friedliche Menschen gesehen. Ich habe mich allerdings angepaßt, in der Kleidung, im Auftreten. In die Spelunken kann man nicht mit Anzug und Krawatte gehen. Man kann nicht aller Freund sein, aber wenn man in andere Kultur- und Sozialkreise hineinschnüffeln will, muß man sich anpassen, oder man bleibt draußen. Auch das gehört zum Wunder des Lebens, daß man sich das Herz offenhält für das Fremde, für Lebensformen, die man nicht mehr nachvollziehen kann. Es ist nicht richtig, daß man das eine verdammen muß, um das andere zu lieben.

Locker und lehrreich wie die Sesamstraße, spaßig wie die Muppets-Show soll ich Dir schreiben, hast Du gesagt. Ich glaube, das könnte mir hier in San Francisco, diesem einmaligen Glücksfall unter so vielen Blindgängern, gelingen.

Dein Bild (wie Du mit unserer Ente Tiffany sprichst) habe ich mir im Hotelzimmer an den Spiegel gesteckt, so bist Du mir in der Ferne nah! Vom 20. Stock habe ich einen fantastischen Blick über die Stadt und die Bay. Von hier aus den

Sonnenaufgang zu erleben, bedeutet, daß viele wichtige Dinge dieser Welt ihre Gültigkeit verlieren. Ich sitze hier in meinem Zimmer, die Zeit teilt sich vor meinen Augen — schritte jetzt draußen der Herr Jesus persönlich übers Meer, ich würde mich kein bißchen wundern —, und ich vermag nicht so schnell zu schreiben, wie meine Gedanken fliegen. Aber ich muß ans Ende dieses Briefes denken. Vor der Tür macht sich schon das Zimmermädchen zu schaffen, emsig wie die Biene Maja.

Ich sitze am Fenster und stelle mir vor, daß man hier einen fantastischen Film drehen könnte, der im Jahr 2017 spielt und in dem sich diese vielfältige Stadt auf vielfältigste Weise gegen künstliche Lebewesen zur Wehr setzt. Die Polizei jagt mit fliegenden Autos durch bepelzte Luftstraßen. Synthesizerklänge erfüllen den Sternenhimmel. Auf dem rostig vergammelten Dach einer Bauruine stirbt ein Roboter im Regen und weint. Unten in den übervölkerten Straßen die elegische Hochzeit zwischen dem Luftverschmutzerkönig und einer Gräfin, die im Mac Donald Hamburger verpackt.

Funkensprühende Breitseiten könnte man gegen das amerikanische Selbstbewußtsein abfeuern. Man könnte die Verlierer nur scheinbar verlieren und heimlich siegen lassen. Man könnte die Finanzmanager im Bankenviertel mit ihrem zwanghaften Menschenverschleiß zeigen, die damit ihr riesenhaftes Baby-Ego immerzu füttern müssen. Die richtigen Männer könnte man zeigen, die knallhart arbeiten und spielen, die sich nicht beiseite schieben lassen und nur darauf aus sind, dem Gegner die Nase in den Dreck zu drücken. Männer würde ich zeigen, die ihre Frauen und Kinder nur dazu benutzen, den Wählern die heile Familie vorzuspielen. Viele würde ich zum Schein weiterleben lassen, unentdeckt, sich von Tag zu Tag dahinschleppend, und an besonders schönen Tagen würde ich sie glauben lassen, daß doch nun endlich ein neues Zeitalter anfangen müsse.

In aller Schönheit liegt Trauer
Lanzerote

Was denn Glücklichsein eigentlich ist, fragt Salvador López Herrera, als wir zur Landung in Lanzerote ansetzen. Gut essen, gut trinken, sich alles leisten können?

Wir blicken durchs Cockpit auf die Vulkane-Insel. Einige Wölkchen am angenehm azurblauen Himmel. „Und gute Freunde", schreie ich ihm gegen den Fluglärm in die kleinen muschelförmigen Ohren, „Menschen, die man mag und die einen mögen." „Ja", sagt der junge Professor aus Las Palmas, der sich über das Gemeinsame der Felszeichnungen in der neuen und antiken Welt in Madrid habilitiert hat, „ja, du hast recht, aber es gibt da noch etwas, was man nicht beschreiben kann." Ich nicke. „Hier auf Lanzerote, der eigenwilligsten Insel der Kanaren, kannst du es manchmal spüren, was Glück ist."

Leicht setzt die Carevelle der Hispania auf, rollt aus, Sphärenmusik erklingt aus den Bordlautsprechern.

Vor dem Flughafengebäude wartet schon der Fahrer mit einem kleinen weißen Fiat Panda Cabrio. Er ist ein Freund von César Manrique, dem Mann, der sich wie kein anderer um seine Heimat verdient gemacht hat. Als der Bildhauer und Architekt in den 60er Jahren nach seiner Ausbildung aus Europa und Amerika auf seine Insel zurückkam, rollte gerade die Touristikwelle auf der nur 50 000 bis 60 000 Einwohner zählenden Insel an, und man zeigte voll Stolz auf das erste Hotel-Hochhaus in Arrecife, einen Betonklotz mit 15 Stockwerken. César Manrique war entsetzt über den Gedanken, daß man seine schöne Insel so zubetonieren könnte wie die spanische Küste. Er plädierte für einen menschlichen Tourismus unter Erhaltung der Natur und hatte auch die Kraft, seine Idee bei den entscheidenden Stellen durchzusetzen. Ihm verdanken wir die niedrigen, höchstens dreistöckigen Ferienkomplexe, die sich harmonisch in die Landschaft einfügen.

Arrecife ist ein blitzsauberes Städtchen, in dem die Hälfte der Inselbevölkerung wohnt. Alle Häuser sauber, weiß gestrichen, Fenster und Türen in einem angenehmen Schilfgrün gehalten.

Obwohl es hier in Lanzerote nur 5 - 10 Tage im Jahr regnet und Wasser eine Rarität ist, gibt es viele Blumen, Hibiskus, Bouginvillae, Steinwurz, Palmen, Agaven, mit denen überall kleine Oasen der Ruhe angelegt sind.

Hier hat nicht der eine den Nagel und der andere den Hammer. Da wirft sich niemand in Heldenpose. Da laufen keine Existentialistenmiezen und

Teufelsweiber herum. Da hört man kein mondänes Geschwätz. Niemand prahlt mit ozeanischen Lustfluten und uferlosen Exzessen. Da klagen nicht verbissene Emanzen darüber, daß ihr Macker ,,inhaltlich nicht bereit war, sich wirklich einzubringen und rüberzukommen.'' Da kassiert man noch keine nonverbalen Körbe.

Wir verlassen Arrecife nach Norden, wo gleich dutzendweise Vulkankegel mit ihren weit aufgerissenen Mäulern drohen. Davor breiten sich Felder mit eigenartigen seltsamen Trichtern und Halbmonden aus. Inmitten der runden Formationen, die nach einer Seite (nach Norden) mit erhöhten Lavamauern umgeben sind, stecken die Malvasier-Weinstöcke oder Feigenbäume in schwarzer Asche.

,,Mühsam, mühsam'', spotte ich, ,,diese Form der Landwirtschaft, was für einen Aufwand für einen einzigen Weinstock!'' ,,Ja'', entgegnet Domingo Navarro, der Fahrer, ,,kein Wunder, daß die Jungen die Arbeit nicht mehr machen wollen. Viele Bauern geben auf und wandern ab, um ihr Geld leichter in der Hauptstadt oder im Fremdenverkehr zu verdienen.'' Und Salvador López fügt hinzu: ,,Das Puzzlespiel mit den Pflanzen und den lapilli überlassen sie den Alten und den Frauen. Aber ich denke doch, daß die Gewinnung von Wasser aus dem Meer weitere Fortschritte macht und billiger wird. Wenn die Leute nicht mehr um jedes Tröpfchen Wasser kämpfen müssen, wird hier alles ganz anders aussehen."

Unser Weg führt vorbei an riesigen Kakteenfeldern, wo auf den Opuntien die Cochinelle-Laus für den roten Farbstoff gezüchtet wird. „Statt Wein züchten die Läuse", lacht Domingo Navarro. Und Salvador López Herrera: „Hätten eure deutschen Chemiker nicht die Anilinfarben erfunden, wären die Bäuerinnen auf Lanzerote reiche Leute."

Immer wieder berühren wir auf unserer Fahrt durch die Insel des Feuers und des Wassers die gigantisch aufgerissenen Vulkankegel, von denen es etwa dreihundert hier gibt. Links und rechts der notdürftig befestigten Straße schwarze Lavamassen, Aschen- und Schlackenfelder. Ein fremdartiges, mondähnliches, archaisches Bild.

In biblische Zeiten glaubt man sich versetzt, wenn eine verhüllte Bäuerin tiefgebückt Zwiebeln und Tomaten erntet oder der Bauer mit dem Dromedar vor dem alten römischen Pflug den Aschenboden umgräbt. Vor den kubischen weißgrünen Häusern bizarre, vom ständig wehenden Passatwind fast horizontal umgebogene zerfetzte Bäume.

Dann zeigen mir die beiden kanarischen Freunde einen weiteren Reichtum der im Grunde so armen Insel. Die berühmten Janubio-Salinen, natürliche Lagunen, die der Salzgewinnung dienen. Von weitem sehen sie aus wie ein riesiges Schachbrett mit unzähligen Vierecken, in die Meerwasser eindringt oder eingepumpt wird und dann unter Einwirkung der Sonnenstrahlen verdampft. Blaugrau-weiße Farbschattierungen demonstrieren die verschiedenen Übergänge von Wasser zu Salz, das schließlich von Männern in hohen Stiefeln zusammengehäufelt wird.

Auf engstem Raum so viele Wunder: 10 Minuten weiter El golfo. Die fantastischsten Farbkontraste treffen hier zusammen: das smaragdgrüne Wasser der Lagune, das Goldgelb des Strandes, die verschiedenen Blautöne des Meeres und das Braun-Rot der Steilküste. Einen Steinwurf entfernt ein kohlrabenschwarzer, aber badefreundlicher Strand.

Nun sollten mich aber meine beiden Begleiter nicht länger auf die Folter spannen. Die Neugier nach den Feuerbergen, von denen ich schon so viel Phantastisches gelesen und gehört habe, wird größer und größer. Zu beiden Seiten der Straße wird es düster und unheimlich, trotz der brennenden Sonne. Endlos erscheinende Lavafelder, vor uns das Timanfaya-Gebirge mit den Montanas del Fuego.

Vor den großen Vulkanausbrüchen in den Jahren 1730—1736 und 1824 sei diese Region eine der

Die Feuerberge auf Lanzerote sind noch aktiv

fruchtbarsten Landschaften der Insel gewesen, erklärt Domingo Navarro.

Dann sehen wir vor uns die am Berghang auf- und absteigende Dromedar-Karawane. Die neugierigen, trägen Tiere haben ein Sitzgestell auf dem Rücken und einen Beißkorb umgelegt. Offenbar kennen die eigenartigen Tiere ihren Weg genau. Unbeirrbar und sicher schreiten sie über den Aschengrat.

Die Warnung Domingo Navarros vor dem Ritt war nicht unbegründet. Man nimmt auf dem Reitsitz des Dromedars Platz während das Tier noch liegt. Ist man mit dem Aufsteh-Rhythmus des Kameraden nicht vertraut, liegt man auf der Nase, bevor das Abenteuer beginnt. Unter unwilligem Grunzen erheben sich die Dromedare nämlich ruckartig zuerst mit den Hinterbeinen auf die Knie, so daß man im Sitz nach vorne geschleudert wird. Dann vorne auf die ,,Ellenbogen", dann hinten auf die Füße und dann erst vorne.

Hautnah erlebt man jetzt einen der erstaunlichsten Orte dieser Erde. Zerrissene Vulkane, offene Krater, soweit das Auge reicht trostlose Lavafelder. Oben angelangt bekommt man in einigen Experimenten die gewaltige unterirdische Feuerkraft demonstriert. In nur 10 cm Tiefe vermag man die schwarzen, heißen Lavasteinchen schon nicht mehr anzufassen. Etwas tiefer steigt die

Temperatur auf 400 Grad C. In Erdlöcher geworfener trockener Ginster fängt sofort Feuer und brennt lichterloh. Schüttet man Wasser in einen in die Erde eingelassenen Kanal, so bildet sich aus Wasserdampf eine Art Geyser, der mehrere Meter in einer Fontäne hochpeitscht.

Im Restaurant daneben bekommen wir auf einem Naturgrill über der Vulkanhitze unser Mittagessen zubereitet. Wir sitzen hier oben, stumm, erschlagen von dieser Wildnis und Kargheit. Der Blick auf Dutzende langsam sich hebende Kegel in der Ferne, die Riesenschlackenströme, auf denen Flechten wachsen, der rot oxydierte Tuff. Lanzerote ist wirklich die Insel des Feuers und der Farben.

Salvador López Herrera blickt mit seinen klugen Augen über die Lavafelder und sagt unvermittelt: „Erzähl mir von dem großen alten Mann!" Er meint Prof. Herman Wirth, von dem er immer mit dem größten Respekt redet und den er seinen geistigen Vater nennt.

Ich erzähle ihm, wie Prof. Wirth seine letzten Monate in Kusel lebte, wie sein Genie von lokalen Politikern verkannt wurde, wie Banausen verhinderten, daß Kusel weltweit Mittelpunkt für eine grandiose Idee, die Mutterkult-Forschung, wurde.

Prof. Herrera schüttelt immer wieder den Kopf, kann es nicht fassen. Sicher, sagt er, auch er könne nicht alles unterschreiben, was Wirth im Laufe seines langen Lebens zusammengetragen habe. Aber das habe doch mit Faschismus nichts zu tun. Herman Wirth habe mit seinem Buch „Die heilige Urschrift der Menschheit“ Weltgeltung erlangt. Er habe doch als erster bewiesen, daß die Felszeichnungen der neuen und der antiken Welt, daß der kultische Symbolismus der nordamerikanischen Indianer und die atlantischen Zeichen absolut gleich sind und identische Gruppen aufweisen. Der Behauptung Wirths, daß diese Übereinstimmung durch den Untergang von Atlantis unterbrochen wurde und von jenem Moment an die graphischen Zeichen sich weiterentwickelten, indem sie auf beiden Kontinenten verschiedene Richtungen einschlugen, könne er, Herrera, nicht unbedingt folgen. Doch spreche vieles dafür. Wirth habe ihm einmal gesagt: „Der Mensch der Vergangenheit hat dem Menschen der Gegenwart stets etwas zu sagen und ist dem Menschen der Zukunft ein großer Lehrer.“

Meine beiden kanarischen Freunde haben Recht. Wir sollten mehr von dem reden, was aus unserem Inneren kommt. Mehr von unseren Erlebnissen und Visionen, weniger von unseren Ideen. Blickt man sich um, fühlt man sich an Walter Benjamins Sonett „In aller Schönheit liegt geheime Trauer. . .“ erinnert. Im Angesicht dieser Natur, die gleichzeitig Schöpfung und Untergang ist, ist kein Platz für ein anmaßendes Sich-Aufblähen. Durch das Rund des Speiseraumes schreitet gelassen eine junge, verschleierte Orientalin. Das allseits einfallende Licht trifft in ihren Augen diese geheimnisvolle Überlegenheit, die eine tausendjährige Sklaverei verleiht.

„Nichts ist wert, daß man es begehrt. . .“, — ein Wort Buddhas.

Ob die Kanarischen Inseln Reste eines zwischen Westeuropa und Amerika gelegenen Erdteils Atlantis sind oder durch vulkanische Eruptionen entstanden sind, ist in der Tat nicht eindeutig geklärt. In beiden Lagern finden sich angesehene Geologen, Historiker und andere Wissenschaftler.

Salvador López Herrera erzählt uns, warum so vieles für die Atlantis-Theorie spreche. Zu viele historische Berichte habe man über diesen verschollenen Erdteil, und er zitiert Plato und andere, die das ja nicht alles erfunden haben könnten. Bewiesen sei auf alle Fälle, daß den alten Ägyptern Amerika bereits bekannt war.

Das Kind sei der Vater, die Mutter des Menschen. Immer stünden Kämpfe bevor. Wer solle sie führen? Isis die Mutter, Maria die Mutter. Die

Mutter Ischtar, Kybele, Aphrodite, Vesta, Parashakti, Selene und Hera.

Wir brechen auf, fahren weiter. Los Jameos del Aqua heißt ein 7 km langer unterirdischer Tunnel, der den Corona-Vulkan mit dem Meer verbindet. Ein riesiges Auspuffrohr, durch das einst die Vulkangase sich Luft machten. Ein Teil dieser Grotte wurde zu einer fantastischen Bühne auf verschiedenen Etagen von César Manrique umgestaltet. Sie enthält gleichzeitig Restaurants, Bars, einen Nightclub und einen Swimming-pool. Doch das Kurioseste: In einem tiefgrünen See lebt ein weißer, blinder Krebs, den es nur hier gibt. Ein einzigartiges Krustentier aus der Urzeit. Bisher ist es den Forschern nicht gelungen zu erklären, wie diese Tiere hierher gekommen sind.

Über uns zähnefletschende, lippenlose Fratzen, Augen, mundartige Umrisse. Die Gipfel der Vulkankegel setzen der Fieberkurve ein unwiderrufliches Limit. Wer hat hier auf eine Wende in seinem Sinne gehofft? Der Hungerkünstler, der sich nicht satt hungern kann? Die vielen falschen Freunde, die ohnmächtigen Helfer?

Eine Zeitlang stehe ich hier in der Einsamkeit und hindere mich daran, genau hinzusehen. Wenn mein Auge dann aber irgendeine Stelle in diesem Chaos fixiert, ist es gleichgültig, ob es einen Ursprung für das gibt, was man Erinnerung nennt.

— Die ungezählten Steine scheinen mich mit dem Versprechen gewinnen zu wollen, sie seien mir so fremd wie ich mir selbst.

Der Nabel des Meeres
Malta

Das ist das eine Gesicht dieser Insel, die nur halb so groß wie der Bodensee ist: Schon über Sizilien drückt der Pilot das Flugzeug nach unten. Dann taucht die kleine Insel Gozo aus dem Meer, ein goldgelbes, steil abfallendes Zuhause der Götter. Dann die weiche Landung auf Malta. Die Fahrt durch den jetzt im April leuchtenden Blumenteppich, vorbei an kleinen Dörfchen mit herrlichen Barockkirchen, umzäumt von Feigenkaktushecken. Aber nur wenig natürlich gewachsene Bäume und, wie ich jetzt höre, auch keine Quellen. Das Wasser wird mit Windmotoren aus Brunnen hochgepumpt. Nur dadurch gedeihen hier Getreide, Gemüse, Melonen und die dekorativ auf den Hofmauern aufgereihten Riesenkürbisse. Auch relativ wenig Tiere, nur ein paar Schafe, Kühe, Kaninchen, Hühner.

Alte Frauen und kleine Mädchen stricken, weben, nähen und klöppeln. Offenbar ein armes Land, dem der Korallenkalk einen warmen Goldton übergestreift hat.

Das andere Gesicht Maltas ist das quirlige Valetta, die Hauptstadt mit einem der besten Naturhäfen der Welt. Fingerartig greifen die Buchten ins Land, und bereits in der Antike wurde Malta zum Zentrum des Mittelmeerraumes. Schon damals war es bedeutender Warenumschlagplatz und politisch äußerst interessant. Ein Zufall legte die Insel an den Scheideweg zwischen Ost und West. Ein Rammbock zwischen Nord und Süd, ein Wachtposten an der Einfahrt zum östlichen Mittelmeer. Hier am Wirbel eines historischen Strudels nimmt Malta seit 5000 Jahren teil am Aufstieg und Untergang von Weltreichen, an der Geburt und Verbreitung von Religionen und an grausamen blutigen Kriegen.

Möwenkinderschreie peitschen in den transparenten Himmel, sprengen die noch nicht festen Hirnschalen von kindhaften Engeln. Die sind noch viel zu jung für die Sünde, haben ein Abonnement für das Gute im Leben. Die alte Großmutterklöpplerin hat Fehler in ihrem Muster entdeckt, heimlich reppelt sie nachts die Arbeit eines ganzen Tages wieder auf. Die Zungen der Kindsschänder erlahmen. Ein Spinnentraum saugt sich in eine ehrlich gemeinte Umarmung und macht sie klebrig.

In ein, zwei Monaten, wenn es wärmer wird, kommen die Kakerlaken aus den Sickergruben. Kinder der Liebe, behaltet euer Kaugummi im Mund, wenn das Goldene Kalb im Tresor der Mid-Med-Bank blinden Alarm auslöst, wenn den Triebtätern und Ungetauften das rechte Ohr oder der Penis abgeschnitten wird. Roger, der Normanne, lacht im Dunkeln, wenn, jährlich einmal, der Blitz seinen Schatten röntgt.

Verirrte Touristen haben sich an ihrem eigenen Glück verseucht. Ein junger Eisverkäufer vergrault sich die älteren potentiellen Kunden mit schrägem, zu lauten Transistorengeplärr. Der Wind kommt in müden Stößen vom Meer und riecht nach Öl und Schlick. Fliegenschwärme bemächtigen sich der Fischlokale am Hafen.

Der ständige Umgang mit fremden Herren schuf das maltesische Sprichwort: Verunreinige nicht die Quelle, aus der zu trinken du einmal froh sein könntest.

Am intensivsten sind immer die Erlebnisse am ersten Tag. Das Flugpersonal ist ja noch nicht so ganz typisch, aber dann bei der Ankunft die Zöllner, die Reiseleiter, der Taxifahrer, der Geruch der Luft, das Licht, lassen sehr schnell unseren ersten Eindruck entstehen.

Ein bescheidenes, ehrliches Mittelmeervölkchen, das die Geschichte klug gemacht hat. Zu viele englische Zöpfe, unnötiger Papierkram, überall Verbotsschildchen, Benimmhinweise. Hier nicht mit Jeans und Sandalen rein, nicht barfuß laufen, Krawatte und Jackett erwünscht. Trotz einer rührenden Hilfsbereitschaft und Freundlichkeit, vermisse ich die Ungezwungenheit und den Witz des Südens. Der Taxifahrer ist höflich, bleibt aber wortkarg. So mache ich es mir im Fond eines uralten Diesels bequem und rufe mir die Geschichte dieses kleinen Landes, das schon so vielen Herren diente, in Erinnerung.

Wie fast alle Geschichten beginnt auch die von Malta vor vier- bis fünftausend Jahren. Die ersten Menschen kamen wohl so um 3800 v. Chr. über den damals vermutlich bestehenden Landweg von Sizilien nach Malta. Die primitiven Steinzeitmenschen wohnten in Höhlen, beobachteten jeden Tag, wie die Sonne aus dem Meer stieg und abends wieder im Meer versank. Sie waren fasziniert von dem Zyklus Geburt, Tod, Wiedergeburt und bauten herrliche Tempel der Andacht. Da man gemeinhin die Kultur eines Volkes an der Größe der Tempel und der Formvollendung der Keramik mißt, lag Malta damals gut im Rennen. Vielleicht war es sogar die geheime Nummer 1. Vielleicht besaß es einmal die fortschrittlichste Zivilisation und Kultur der damaligen Zeit. Vieles spricht dafür, daß die ästhetischen und mathematischen Grundsätze der Ureinwohner Maltas den Ursprung für andere europäische Kulturen bildeten.

Doch Malta besaß keine Paläste wie Kreta, keine Wehrtürme wie Sardinien, keine Herrscherburg wie das alte Mykene, keine Pyramiden oder andere Protzbauten. Dafür aber einmalig schöne

Tempel aus Riesensteinen oder mehrere Stockwerke unter die Erde gehauen.

Um 2000 v. Chr. muß dann irgend etwas passiert sein, das die hohe Kultur vernichtete. Ein Krieg? Eine Epidemie? Ein Erdbeben?

Vermutlich brachten dann Einwanderer aus dem römischen oder griechischen Raum in der Mitte des 2. Jahrtausends Bronze auf die Insel. Das ist immer eine wichtige Zäsur in der Geschichte eines Volkes. Dann kann man nämlich richtige Dolche und Äxte machen, hat Waffen, wird mächtiger. Doch in dieser Aufrüstungsphase hatten die Malteser ausgesprochenes Pech. Waffen hatten nämlich auch alle ihre Feinde. So wurde Malta um 900 v.Chr. von Süditalien her überrollt. Dann haben die kleinasiatischen Phönizier und die afrikanischen Punier (aus Karthago) die Insel 600 Jahre „beschützt". Malta verhielt sich immer wie ein Bauer in einem riesigen multinationalen Schachspiel; es unterwarf sich jeder neu aufstrebenden Macht.

Obwohl angeblich Gozo Homers Ogygia ist und Odysseus hier am „Nabel der Welt" von der schönen Nymphe Kalypso für 7 Jahre (!) außer Gefecht gesetzt wurde, waren die Griechen nie eigentliche Herren der Insel, taten jedoch vom benachbarten Sizilien her viel Gutes.

Der Delphin, Wahrzeichen Maltas, als Türgriff

Im zweiten Punischen Krieg 218 v. Chr. verlor Karthago Malta an Rom. Dieser ständige Besitzerwechsel war aber gar nicht so schlecht, wie man auf den ersten Blick glaubt. Malta gehörte stets der stärksten Macht im Mittelmeerraum und wurde in all den Jahrhunderten von den fremden Herren mehr verwaltet und nicht so sehr von ihrer Kultur durchdrungen. Rom bescherte Malta immerhin 700 Jahre Frieden, denn Rom zu gehören, bedeutete um die Zeitenwende Frieden!

Rom hieß Zivilisation. Rom bescherte Malta *die* Blütezeit. Die herrlichen Bodenmosaike zeugen vom guten Leben in dieser Zeit. Aber die Römer brachten auch Unterdrückung, Gewalt, Tyrannei. Der gewaltsame Tod eines ihrer Opfer hatte weltweite Folgen: Kyrie, Kyrieleison — Der Apostel Paulus sollte als Gefangener der Juden mit einem Schiff nach Rom vor Gericht gebracht werden. Vor Malta erlitt er Schiffbruch, hielt sich 3 Monate auf der Insel auf und legte den Grundstein für ein Christentum, das auf der ganzen Welt seinesgleichen sucht.

400 n. Chr. kamen die Vandalen, 500 n. Chr. die Ostgoten, dann für 300 Jahre die Byzantiner, schließlich für 200 Jahre die Araber.

200 Jahre sind im Leben eines Volkes und eines Landes eine kurze Zeit, und trotzdem haben die

Malteser von den Sarazenen viel angenommen, die Sprache z.B., die aus einem Gemisch aus einem nordafrikanisch-arabischen Dialekt und aus sizilianischem Italienisch mit Einsprengseln aus vielen anderen Sprachen besteht. Ortsnamen wie Mdina, Rabat, Mostar bezeugen dies noch heute.

Aber es geht weiter. 1090 kamen die Normannen, 1194 (durch Heirat) die Hohenstaufen, schließlich das Haus Anjou und die Aragonesen und wieder durch Heirat ging Malta an Kastilien.

Ich weiß, Du wirst ungeduldig, aber jetzt habe ich angefangen, jetzt muß ich auch noch über die letzten 500 Jahre berichten. Die letzten Herren, die Spanier, die durch die Entdeckung Amerikas zur europäischen Großmacht wurden, überließen 1530 Malta dem Johanniterorden. Der war gerade duch die Türken von Rhodos vertrieben worden und nahm das Geschenk des Himmels dankbar an. Die Malteserritter machten die Insel zum „Schild Europas", der das Abendland vor der Überflutung durch „ungläubige" Türken und Araber bewahrte. Die Malteser schlugen das mächtige Heer des Sultans, ernteten Lob und Anerkennung — und natürlich auch finanzielle Unterstützung — aus ganz Europa. 470 Jahre lang konnten die Johanniter auf der kargen Insel ihr Gelübde erfüllen und christliche Kultur aufbauen und verteidigen.

Jedoch am Ende des 18. Jahrhunderts zerfiel der Orden langsam, führte ein dekadentes und maßloses Leben, der strenge Codex geriet in Vergessenheit (nur das Hospital war damals eines der besten der Welt; Malta, „die Krankenschwester des Mittelmeers.“)

Irgendwann hatten die Malteser die autokratische Herrschaft der Ritter satt. Die Ereignisse in Frankreich berührten in den Herzen der Malteser eine mitschwingende Saite. Als Napoleon Bonaparte 1798 in den Hafen von Valetta einfuhr, wartete Malta wie eine reife Pflaume nur darauf, gepflückt zu werden. Die Revolution hatte unter Maltesern, aber auch unter den Rittern viele Freunde. Aber die Begeisterung währte nicht lange. Die Franzosen unterschätzten die tiefe Frömmigkeit dieses Volkes. Als sie daran gingen, ohne Respekt die Kirchen auszuräumen, erhob sich das Volk von Malta und wandt sich hilfesuchend an England.

160 Jahre britische Herrschaft. Wieder 100 Jahre Frieden. Als Kronkolonie Großbritanniens hatte Malta viele Vorteile. Der große Umschlaghafen wurde ausgebaut, viele fremde Schiffe legten hier an, brachten Arbeit und Wohlstand.

Dann kam der zweite Weltkrieg. Der italienische Diktator Mussolini hielt die kleine Insel für italienisches Eigentum, da sie ja nur 70 km von Sizilien entfernt liegt. Zweieinhalb Jahre erlebte Malta die Hölle auf Erden. Die Malteser hatten ein unablässiges Bombardement der deutschen Luftwaffe durchzustehen, das seinen Höhepunkt im April 1942 erreichte. Aber wie sooft, in dunkelster Stunde kam Hilfe.

Und jetzt? Vor fast 20 Jahren, am 21. September 1964, wurde der Union Jack eingeholt und 10 Jahre später, am 13. Dezember 1974, wurde Malta zur Republik erklärt. Doch was Wunder, die Sorgen wurden nicht geringer, am Hafen wurde es stiller, die Arbeitslosigkeit wuchs. Die ganze Hoffnung gilt jetzt dem Tourismus.

Bei der Besichtigung des überschaubaren kleinen Archipels scheiden sich die Könner von den Dilettanten. Manche bringen es fertig, gelegentlich die Achseln zu zucken und sich zu arrangieren. Manche können nicht fassen, daß es hier so vieles zu sehen gibt.

Eine halbgeöffnete Haustür bedeutet Einladung. — Am 9. April 1942 werfen um 16.40 Uhr „feindliche Flugzeuge" eine Bombe durch die Kuppel der Rotunde von Mostar. Die Bombe explodiert nicht. Die Betenden sprechen von einem Wunder. — Wir Deutsche müssen uns schämen, überall wo wir hinkommen, kaum ein Land in dem wir noch kein Unheil angerichtet haben! —

Aber die Malteser sind nicht nachtragend, sie reden nur von feindlichen Flugzeugen.

Einige Kilometer weiter im St. Antonius Garden, einem exotischen Park, exklusiv nur hier zu besichtigende Kapokbäume mit stachligen Stämmen und seltsamen gurkenähnlichen Früchten, in denen Wolle sein soll. Vielleicht ein Aprilscherz?! Ich habe keine Zeit, dies nachzuprüfen. Der bunteste Papagei heißt Paulinchen, der Geier daneben blickt viel schlauer aus seinen verschlafenen Augen, hat aber keinen Namen.

Wir fahren zur ehemaligen Hauptstadt Mdina, dem durch dicke Mauern befestigten Stadtteil von Rabat. Vieles wird von der Unesco gefördert. Auch eine der merkwürdigsten Städte, dieses steinerne Schiff, diese Hauptstadt außer Diensten, die schweigende Stadt, nur 900 Menschen leben hier. Keine Geschäfte, keine Tavernen auf dieser wahrhaft harmonischen Erhebung.

Es ist schon wahr, diese Stadt kann eine gewaltige Ruhe ausstrahlen, wenn man sich nur etwas Zeit läßt und sich durch die Gassen zwischen den barocken Häusern und Palästen, den Kirchen und Ordenshäusern treiben läßt. Hier kommt man, wie beim Anblick des Meeres, ins Schwärmen und zu Einsichten in Vergangenes und Kommendes. Du streifst durch Seitengäßchen und entdeckst immer wieder Neues in dieser vor sich hindämmernden gelben Kalksteinstadt. Allein mit der Vielfalt der Türklopfer könnte man einen Bildband füllen. Ein Ideenreichtum, der kreative Kräfte anschubst. In einem abseits gelegenen Teesalon treffe ich den quirligen Jungunternehmer Waffender aus Hagen. Selbst er ruhig und stumm.

Ich lasse mich weitertreiben, fotografiere eine blaueingekleidete Mädchenschulklasse, plaudere mit einem alten Kustoden-Ehepaar vor dem Palazzo Falzon und betrachte noch einmal das Haus des Notars Bezzinas, von dessen Balkon die aufgebrachten Malteser am 2. September 1798 den Oberbefehlshaber der französischen Besatzungstruppen stürzten, weil er Gobelins aus dem benachbarten Karmeliterkloster versteigern wollte.

Als ich abends zurück ins Hotel komme, sitzt bereits der Jungunternehmer aus Hagen beim Tee in der Lobby. Er fuchtelt mit einem überlangen Zigarillo in der Luft herum und bequatscht einen von und zu Testaferrata, dem er eine Lizenz für Mikroprozessoren andrehen will. Gleichzeitig mit mir betritt Christian Dujardin, der blonde, große, sympathische Reiseleiter von airtours die Hotelhalle. Der energiegeladene Waffender verpaßt auch jedem von uns gleich einen Dannemann-Zigarillo und schnaubt abfällig über die Gewerkschaften und die Faulenzer, die die 35-

Stunden-Woche wollen. Trotz des miesen Wassers (aus Kostengründen spart man die Hälfte der komplizierten zwanzig Arbeitsgänge bei der Meerwasserentsalzung ein), schmeckt der Tee passabel und ist ohne Zitrone zu trinken. Tut ja keine Milch da rein, warnt Mr. Dujardin, dann erlebt ihr eine Katastrophe.

Ich widerstehe allen Zuflüsterungen der Vernunft. Morgen ist auch noch ein Tag. Christian lädt mich zum Essen ein, in ein griechisches Restaurant, er ist mit dem Besitzer seit Jahren befreundet. Christian holt weit aus. Er hat eine Vorliebe für jung Verstorbene, wie James Dean, Elvis Presley, John Lennon, Rainer Werner Faßbinder. Diese abgerissenen Biographien interessieren ihn, und er spürt eine besondere Identifikation mit Menschen, die nicht alt werden können. Christian liebt die frühen Morgenstunden, die Sonnenaufgänge über dem Meer. Schon während seines Studiums verhedderte er sich in der lächerlichen Spezialisierung seiner Ingenieurausbildung. Er haßte seinen Beruf, und mit verlegenem Kopfschütteln erzählt er etwas widerwillig von seinem Ausstieg vor 15 Jahren. Er liebt das einfache, bescheidene Leben, organisiert Segeltörns im Mittelmeer, analysiert Träume und schreibt Märchen für Erwachsene, die er aber nur seinen wenigen Freunden in einsamen Buchten oder auf hoher See vorliest.

Die große Göttin von Malta (Fragment einer Skulptur in Hal Tarxien)

Christian, so spüre ich jetzt, bewahrte sich immer eine skeptische Distanz und ein Mißtrauen gegen alles Ideologische. Vielleicht war das seine persönliche Folgerung, der er, der mutige, intelligente Außenseiter, aus seiner Zugehörigkeit zur 68er Generation gezogen hatte. Sicher ist er nach Malta geflohen, weil ihm die Realität in Deutschland zu hart war. Hinter der oberflächlichen Ruhe erkenne ich jetzt eine spürbare Unrast und eine leichte Verletzlichkeit. Vielleicht sogar eine Angst vor den Widrigkeiten des Lebens.

Hätte Eva den Apfel nicht gegessen, hätte Frau Lot sich nicht herumgedreht, hätte, hätte . . .

Die Straße frißt sich durch die karge Landschaft. Agaven, Fettwurz, Ginster, gelbe Margeriten, rotblühender, fast 1 m hoher Klee. Dazwischen Wachttürme, am Meer eine Saline zur Salzgewinnung, ein freundlicher Himmel. ,,Mein Name ist Joan, ich bin Ihr Fremdenführer für die Schwesterinsel Gozo." Joan ist ein rotblond gelockter, untersetzter Malteser Mitte Dreißig mit ernstem Gesicht. ,,Wir bleiben immer zusammen — Nous reste toujours ensemble", ist sein Kernsatz, den er ständig einfügt, wohl aus Furcht, einen von uns zu verlieren.

Gozo ist grüner, ländlicher und urtümlicher als Malta. Die Busse, die hier fahren, sind englische Nachkriegsware, selbst die jüngeren haben schon ihre 20, 30 Jahre auf dem Buckel und auf den Achsen! Hinten zu sitzen erspart die Achterbahn.

In den Ggantija, den kleeblattförmigen Steinzeittempeln, entdecke ich plötzlich zu meiner Verwunderung den gutgelaunten Dujardin, der gerade dabei ist, seine frisch eingeflogene Kollegin von Hetzel, ein Fräulein Almut (die aber recht knackig aussieht — für ihren Namen kann sie ja nichts) in die schwere Kunst der Reiseleitung einzuführen. Aber ich störe ihn offenbar dabei nicht, denn er lädt mich mit einer überschwenglichen Herzlichkeit ein, mit ihnen zu kommen, so daß ich mich leichten Herzens von meiner Gruppe und dem Oldtimer verabschiede.

Die gewaltige Mauerummantelung der megalithischen Tempel sei von einer Riesin mit einem Säugling an der Brust innerhalb eines Tages und einer Nacht errichtet worden, sagt Christian Dujardin und blickt mit Wohlwollen auf Almuts dickes, geflochtenes Haar und ihren wuchtigen, den roten Pullover füllenden Busen.

Der kleinere Tempel hat zwei Apsiden mehr und hat eher den Grundriß eines Ahornblattes. Die runden Formen, dazwischen ein behauener, übermannshoher Stein, zweifellos ein Phallus, Symbol männlicher Fruchtbarkeit, machen es leicht, sich überzeugen zu lassen, daß die Tempel der Erdfruchtbarkeit geweiht waren. Vermutlich trugen die Wände die Farben des Blutes, und Christian beschreibt uns überzeugend, wie es hier vor 4000 Jahren zugegangen ist. Die Räume waren wohl mit Kuppeln geschlossen, und das Opferfeuer mag über die bemalten Wände, Altäre und Nischen gehuscht sein, und die Priester vollzogen ein Ritual, das wir nicht kennen, verkündeten durch runde, in die Felsbrocken gebohrte Löcher ein Orakel, das mal stimmte, mal nicht. Doch frage mich bitte nicht, wer hier zu wem gebetet hat!

Der Bus, in dem auch der Jungunternehmer mit seiner devoten Gattin sitzt, macht umständliche Wendemanöver, tuckert in die terrassenförmig angelegte fruchtbare Ackerlandschaft. Wir fahren hinunter zum roten, menschenleeren Strand der Ramla Bay. Vergeblich sucht Christian die kühle Almut zum Mitschwimmen in dem noch 17 ° C. kalten Wasser zu bewegen. Ich beiße die Zähne zusammen und stürze mich in die kristallklaren Wellen und habe nach 3 Minuten bereits eine totale Kälteanästhesie. Jetzt könnte ich mich sicher wie ein Fakir in Glasscherben oder auf ein Nagelbett legen ohne Schmerzen zu empfinden.

Dann steigen wir hinunter in die nicht einfach zu findende enge Kalypso-Grotte. Glaube wer will, daß hier diese zauberhafte Dame, mochte sie auch noch so verführerisch sein, den göttlichen Dulder Odysseus 7 Jahre lang festhielt.

Wir fahren durch saubere Dörfchen, halten mal an einer Windmühle, an einer der vielen Kirchen, versuchen mit den Menschen ins Gespräch zu kommen. Alle sind äußerst freundlich, würden uns gerne helfen, wenn wir Hilfe bräuchten. Aber wir brauchen keine, wir sind glücklich und zufrieden. Besichtigen noch Viktoria, die Hauptstadt, die eigentlich Rabat heißt. Obwohl die Inseln nun schon 20 Jahre unabhängig von Großbritannien sind, dulden die Malteser die englischen Namen. Es war eben 160 Jahre so, und es war nicht schlecht so, und es war keine Trennung im Bösen.

Christian philosophiert vom besseren Leben. Man müsse zur richtigen Zeit am richtigen Ort sein. Das Gesuchte liege eben oft nicht dort, wo man es vermute. Immer setze dasselbe Spiel ein: Der verlorene Schlüssel sei der gleiche, die Umstände seien es, die sich änderten, so seien wir mit doppelter Blindheit geschlagen. Almut kapiert gar nichts. Sie gehört zu den Frauen, die sich mit traumwandlerischer Sicherheit in Schwierigkeiten manövrieren. Christian dagegen spricht sich mühelos in Feuer und auch wieder heraus.

Am nächsten Tag besuchen wir die Höhle der Finsternis von Ghar Dalam, die der deutsche Professor Issels vor hundert Jahren entdeckte und ausgrub. Hier fand er eine Unmenge Skelette der verschiedensten Tierarten. Bis heute ist das

Rätsel nicht gelöst, wieso Tiere, die niemals zusammengelebt haben können, in dieser ungeheueren Zahl hierhergekommen sind: urzeitliche Flußpferde, Braunbären, Rothirsche, lange ausgestorbene Zwergelefanten, Rieseneichhörnchen und Riesenschwäne, Füchse usw. Vielleicht war es eine Sintflut oder eine Hitzeperiode, die Raubtiere und Pflanzenfresser, Land- und Wassertiere in einer so unvorstellbaren Menge zusammentrieb. — Nahrungsmangel führte zu Zwergformen, das Fehlen von Feinden zum Riesenwuchs. — Forscher datieren die Skelette in die Zwischeneiszeit vor 250 000 Jahren. Einigermaßen gesichert ist inzwischen, daß eine Landbrücke nach Sizilien bestand, aber keine feste Verbindung nach Afrika. Auch weiß man, daß später, in der Jungsteinzeit, Menschen hier lebten, die Verbindung zu anderen Mittelmeerländern gehabt haben müssen.

Es gibt ja viel Erstaunliches auf Malta zu sehen. Das Eigenartigste ist jedoch der unterirdische Tempel von Hal Saflieni, das Hypogäum. Eine riesige Katakombe mit zahlreichen Kammern und Kultstätten, mehrere Stockwerke tief in den Fels getrieben, mit Altären, fensterartigen Öffnungen, Opferschächten. Man weiß, daß hier Rituale vollzogen, Tote verbrannt und bestattet wurden, Orakelsprüche verkündet wurden. Eigenartig auch die Terrakotta-Funde, zum Beispiel die schlafende Frau mit den überdicken Schenkeln und Hüften oder der aus Stein gemeißelte Fisch, der wie ein Mensch auf einem Bett liegt, ausgefallene Vogelplastiken aus Muscheln, Rätsel über Rätsel, viele Theorien, Vermutungen.

Wie viele Herzschlachten wurden wohl hier geschlagen, wieviel im Meer ertränkte Siege gefeiert? Im Tod waren sie alle allein. Für kurze Zeit halten wir das Vergessen noch einmal an. Was geblieben ist, sind die harten, die festen Dinge: Keramiken, Knochen usw. Verschwunden das Lächeln, die zärtlichen Gefühle, der Schmerz, die Angst. Und trotzdem, ein Museum ist nicht tot. Du mußt dir nur Zeit lassen und dich hineindenken. Skelette mit Fleisch und Blut umgeben, lebendige Augen in die Köpfe setzen, Gespräche erfinden.

Was bleibt außer dem Geschriebenen? Ich sitze in der Abflughalle von Luqa und überlege, was ich alles noch hätte schreiben müssen. Die Politik der Gegenwart muß man sich zusammenreimen. Viele Malteser sind nicht damit einverstanden, was ihr Parlament macht. Immer wieder trifft man auf die umstrittene Figur des Dom Mintoff. Seit 1982 hat Malta zwar eine Ministerpräsidentin, die 60jährige Agatha Barbara, die jedoch weitgehend im Verborgenen bleibt und sicher von diesem Schlawiner gesteuert wird. Sein rotgefärbter Sozialismus versteht es, mit einer Unschuldsmiene bei uns um mehr Touristen zu werben, gleichzeitig ungeniert mit Rußland zu flirten und sich von den Chinesen eins der größten Trockendocks der Welt bauen zu lassen, natürlich möglichst alles zum Null-Tarif.

Schreiben müßte ich von der extrem niedrigen Geburtenrate und den teuren Taxis. Von der Enthauptung des Johannes, gemalt von dem Italiener Caravaggio, eines der ergreifendsten Bilder, die ich je gesehen habe (es hängt in der St. Johns Co-Kathedrale von Valetta). Harpunen, die eigentlich Speerspitzen sind.

Fast jedes Haus auf Malta hat einen Namen neben dem blankgeputzten Türklopfer und Letter-Schlitz: Emgio, Mariela oder Yuma, Hail, Henry, Poly, oder typisch englisch Bel View, My Nest. Daneben eine zierliche, bunte Keramik-Madonna und ein kleines Lämpchen. Altes und Neues Seite an Seite. Restaurants in alten Wachttürmen, keine Hochhäuser, eine Architektur als eine gelungene Harmonie mit der Natur.

Malta, die Beute der Machtintrigen. Und Malta, das liebevolle Pinseln der gondelartigen Fischerboote in Grün, Rot, Gelb, Blau. Das intime Verhältnis der einfachen Menschen zu ihren außergewöhnlichen Monumenten, zu diesen massiven

Monolithen vorchristlicher Tempel. Die antiken Mysterien zwischen dem Bemühen, möglichst viel Regenwasser aufzufangen. Malta, das Geheimnis einer bewegten Geschichte. Die vom Englischen ins Abseits gedrängte maltesische Sprache.

Gestern erlebte ich noch den Karfreitag hier, ein Spektakel mit schaukelnden Madonnen, bauchigen Gewändern, Blasmusik und Lautsprechersingsang. Die Malteser haben eine leidenschaftliche Vorliebe für alles Zeremonielle. Das Maßhalten verlieren sie nur beim Abbrennen ihrer Feuerwerke, für das sie riesige Summen ausgeben.

Man hält das Haus instand und bastelt immer an irgend etwas. ,,Was habt ihr nötig? Sagt es nur. Es ist, als hättet ihr es schon!" Fischernetze und farbige Taschen, Filigran- und Glasbläserarbeiten, Tombola und lustiges Geplauder.

Langsam wächst Malta zu einem richtigen Staat heran. Überall zeigt man stolz auf die für unsere Begriffe bescheidenen Fabriken. Auch die Deutschen investieren fleißig, Herr Bogner läßt Lodenmäntel fertigen. Eine Verbesserung der sozialen Dienste wird angestrebt. Man scheint jetzt die seit der Erklärung zur Republik 1974 rückläufige Konjunktur und die galoppierende Inflation aufgefangen zu haben.

Wohlgelaunt blickt die Königin Viktoria von ihrem Podest neben dem Großmeisterpalast. Aber ihre Tage sind gezählt. Die Pläne für ein modernes Denkmal liegen schon in der Schublade. Die schwarzen Katzen auf den grünen Holzbalkonen stört das nicht. Was sind 10 Jahre auf dem Rücken eines solchen Landes? Stets half dem Volk sein fester und starker Glaube. Malta hat lange gekämpft für die größte der Ehren, die Freiheit. Es will sich nie mehr kaufen lassen. Drücken wir ihm die Daumen.

Ein Hammer schlägt ins Wasser
Leningrad

Die Union der Sozialistischen Sowjetrepubliken hat gerade die Teilnahme an den Olympischen Sommerspielen in Los Angeles abgesagt. Vielleicht nicht der beste Start für die Reise in ein Land, vor dem man uns schon als Kinder gewarnt hat. Aber seit ich in San Francisco war, lieber Markus, habe ich all meine Angst vor dem Fremden und Weiten verloren. Geblieben ist nur ein Gefühl zwischen ungeduldiger Erwartung auf eine andere Welt und der Befürchtung, Entscheidenes zu verpassen.

Das reale, lebendige Rußland, das Rußland aus Fleisch und Blut, die Leidenschaft und den Lebensmut — trotz 75 Jahre kommunistischer Herrschaft — möchte ich kennenlernen. Ich möchte hinter die Parteiverlautbarungen der Prawda, hinter die Fassaden des Kalten Krieges schauen. Ich möchte herausfinden, ob sich dieses lustige, schlitzohrige Volk tatsächlich von Lenin und Stalin in Handschellen legen ließ und ob es jetzt von kaltherzigen Technokraten in Fußfesseln gehalten wird.

Ein Volk, dessen Bewohner ihre Türen nicht mit Schlössern verriegeln, sage ich mir, kann nicht schlecht sein. Aber ich habe auch gehört, daß die

Russen sich gerne verdrücken, wenn etwas Unangenehmes passiert. Nur um nicht in irgendeine Geschichte hineingezogen zu werden. Nur um hinter dem Jägerzaun und den vier Wänden ungeschoren weiterleben zu können. Gerne hängen sie da ihrer Sehnsucht nach der Lösung von Unlösbarem nach und nähren ihr heimliches Verlangen nach Wundern. Nirgends treibt die Wahrsagerei üppigere Blüten als an den Ufern der Wolga Mataschka.

Komm, mein Lieber, ducken wir uns in den fruchtbaren Humus dieses großen Landes, ergründen wir, was sich unterirdisch zuträgt. Lassen wir uns nicht von dem sterilen Dialekt der Machthaber im Kreml irritieren. Erfinden wir uns mit den Russen in immer neuen Anläufen Heilmittel und Zaubertränke. Zeigen wir unsere gute Absicht, und ich bin sicher, daß unsere Worte nicht wie Geschosse empfangen werden. Hacken wir ein Loch ins Eis und bitten wir die Sonnenstrahlen, daß es nicht wieder zufriert.

Aber da flüstert uns eine Kontaktperson Schreckliches zu: Der Bürgerrechtler und Friedensnobelpreisträger Andrei Sacharow befindet sich in seinem Verbannungsort Gorki im Hungerstreik, um seiner schwerkranken Frau zur ärztlichen Behandlung die Ausreise aus der Sowjetunion zu ermöglichen. Was steckt dahinter? Sind die Russen doch Bösewichte? Warum lassen sie diese Frau nicht aus dem Land?

In Saigon wachsen wieder die Bäume. Afrika muß mit der Dürre leben. Kuba plant eine Offensive in El Salvador. Wer nicht genießen kann, wird ungenießbar. Viele Demokratien hängen am seidenen Faden. Konstantin Tschernenko, der erste Mann der Sowjetunion, richtet sich ein. Er ordnet die Kräftelinien im Politbüro. Aber er ist alt, nicht sehr gesund, und viele mögen ihn nicht. Was sich unter Breschnew bewährt hat, wird er beibehalten. Dissidenten wird weiter mit körperlichen und seelischen Torturen zugesetzt werden.

Auch Werner Herzog läßt in Cannes die grünen Ameisen träumen. Die verheerende Wirkung der — sogenannten — Zivilisation auf die Natur. Der Dauermahner-Querkopf Graß läßt die anarchischen Grundströmungen wieder stärker durchbrechen, setzt sich zwischen alle Stühle, formt aus Lehm Penisse nach seinem Bilde.

Als wir in Leningrad keine Landeerlaubnis bekommen, müssen wir einen älteren Herrn mit Gewalt daran hindern auszusteigen. Wir hatten vergessen, mit ihm zu reden. Jetzt meint er, die Strapazen des Weiterfluges nicht mehr aushalten zu können. Zu sehr habe ihm der Gegenwind zugesetzt. Zu groß sei die Enttäuschung. In tausend Meter Höhe pumpen wir ihm millimeterweise

Liebe und Zärtlichkeit für die Menschen da unten zu.

So sahen unsere Bomber die Stadt mit den prächtigen Palästen. Das Leben strickt manchmal höchst komplizierte Muster. Unbußfertig starrt der Himmel auf die Stadt, die im Zweiten Weltkrieg 900 Tage der Belagerung durch deutsche Truppen standhielt. Die Stadt Puschkins, Tschaikowskis, Dostojewskis, Gogols und vieler anderer Großer. Die Stadt der 44 Inseln und 60 Flüsse und Flüßchen, die Stadt im Delta der Newa.

Peter der Große jagt die Stadt 1721 endgültig den Schweden ab und baut hier am Ostseeufer ein prunkvolles, bombastisches „Fenster nach Europa." Sankt Petersburg wird zum politischen, wirtschaftlichen und kulturellen Zentrum des Zarenreichs. Sein Werk führte Katharina II., die Große, fort. Man kaufte die besten russischen und ausländischen Baumeister, die neue russische Hauptstadt sollte Versailles an Glanz übertreffen.

Der randalierende Mann möchte aufs Örtchen. „Toilette kaputt", sagen die Stewards, „anschnallen, wir landen." Seine Blase sei eine Wassermelone, sagt der Mann und pinkelt auf den Sitz. 1812 besiegt die russische Armee Napoleon. 1824 steht die Stadt unter Wasser. Das arme Volk hat den Luxus der Zaren und Aristokraten satt. In der Mitte des 19. Jhr. erreichen die marxistischen Ideen das Volk. 1879 wird Zar Alexander II. ermordet, 1890 kommt Lenin in die Stadt und überträgt die marxistischen Theorien auf die russische Wirklichkeit. Es entsteht die Revolutinäre Partei des Proletariats. Nachdem der Zar 1905 ein Blutbad unter Aufständischen anrichtete, begann die erste Bürgerliche Revolution in Rußland.

1914 erhält die Stadt den russischen Namen Petrograd, 1917 verzichtet Zar Nikolaus II. auf den Thron. Am 25. Oktober bemächtigen sich die Bolschewiken unter Lenin, Trotzki und Stalin endgültig der Stadt: Das ist der Tag der Großen Sozialistischen Revolution. 1918 verlegt die Regierung ihren Sitz wieder nach Moskau.

Nach Lenins Tod, 1924, heißt die Stadt Leningrad. Seit dem Pinkeln des Randalierers sind 100 Jahre und 4 Minuten vergangen. Wir landen.

Die ersten hundert Russen sehen erstaunlich normal aus. Keiner zeigt Zeichen eines versteckten Kannibalismus. Die Leute sind einfach und zweckmäßig gekleidet. Aber keine Merkmale eines verrohten Menschenschlags.

Swetlana heißt unsere russische Begleiterin. Sie ist äußerst höflich und hilfsbereit, tut so, als seien wir gute Freunde von ihr. Rußland sei 9 000 x 5 000 km groß, grenze an 13 Meere und 12 Staaten. Mit dem Zug benötige man eine Woche, um durch das Riesenreich zu fahren, das aus 15 Republiken mit je einer eigenen Hauptstadt besteht. Die Gewächshäuser der Solchosen und Kolchosen belieferten das Land mit ausreichend frischem Gemüse. Dies sei der Platz des Sieges und dies der Moskauprospect, eine 11 km lange Einkaufsstraße mit Warenhäusern, in denen man kaufen könne, was man wolle.

Nachdem ich die DDR kenne, weiß ich, daß die Menschen hier nicht viel haben, hinter dem sie sich verstecken können. Dann geschieht es doch: Eine dicke Russin prügelt an einer Straßenkreuzung ihren Hund, weil der sich weigert, mit ihr Wodka zu trinken. Aha, wußten wir es doch, die Russen sind brutal und grausam. Nur, die nächsten tausend Russen sehen dann wieder aus wie ganz normale Menschen, ja man könnte fast sagen, wie Deutsche. Orakel gehen in Erfüllung, weil man sie kennt. Viele Ideen schaffen erst ihre Wirklichkeit. Hier haben nur echte Männer eine Chance, keine Softies, nur solche, die auch ohne große Worte zeigen, wo es lang geht. Sicher gibt es hier Korruption, aber keiner ist so blöd und läuft uns in die Schußlinie. Militärtribünen und der süßliche Geruch nach einer billigen Pomade. Swetlana sagt: ,,Die Russen lieben kräftige, reichliche Mahlzeiten. Leninggrad, der Zugang zur Ostsee, die Öffnung zur westlichen Welt.“ Einer von uns sagt leise: ,,Und was ist mit den brutalen Massenvergewaltigungen deutscher Frauen durch die Russen?" Ein anderer sagt: „Und die deutschen Soldaten, waren die besser?" Urteile immer erst, wenn du beide Seiten gehört hast!

Ich möchte Dir, lieber Markus, ohne jede wissenschaftliche und propagandistische Verallgemeinerung das sowjetische Gesellschaftssytem, das reale Leben, erkennbar machen. Das ist nicht ganz so einfach wie in anderen Ländern. Aber es ist möglich. Die Leute von „Intourist" wollen zunächst einmal die Ausländer durch einen eisernen Vorhang von den Sowjetbürgern trennen. Sie spielen uns die heile Welt des 19. Jahrhunderts mit grandiosen Palästen, Stuckfassaden und Säulenbögen vor die Augen. Abends führen sie uns gerne ins Ballett unter monumentale Kristallüster und in weiche Klubsessel, vorbei an Seidenportieren und Samtvorhängen. Wir sollen die Erholungsparks mit den in Stein gehauenen Kriegern, Arbeitern, Müttern bewundern. Die „Intourist"-Dolmetscher sind mächtige Leute, das spürt man sofort, die Menschen haben Angst vor ihnen. Mit ihnen zu diskutieren, kann man sich wirklich sparen. Auch die liebenswürdige Swetlana macht da leider keine Ausnahme. Die haben nur eins im Kopf, uns die sauber gepflegten, frisch geteerten Straßen entlang zu fahren, uns die spottbilligen Wohnungen zu zeigen. Aber frag ja nicht, wieso es kommt, daß das Land mit den reichsten Rohstoffvorkommen der Erde nur auf dem 21. Platz der Weltrangliste des Lebensstandards liegt. Frag nicht, wieso sich die Russen von ihrem Lohn zehnmal weniger kaufen können als Westdeutsche oder Amerikaner. Bei uns hat jede zweite Familie ein Auto, in der Sowjetunion liegt der Anteil unter 0,1 Prozent. Nun gut, das machen wir ihnen ja nicht zum Vorwurf, nur sollen diese staatlichen Reiseleiter uns doch nicht für dumm verkaufen!

Ich frage mich immer wieder, ob diese liebenswürdigen Menschen tatsächlich das glauben, was man ihnen eingehämmert hat. Ob sie wirklich nicht wissen, daß das starre System der Planwirtschaft, das jede Eigeninitiative abtötet, Schuld an dem sowjetischen Rückstand im internationalen Wirtschaftsvergleich ist. Ziel aller Fünfjahrespläne ist die Entwicklung der Sowjetunion zur stärksten Industrie- und Militärmacht der Welt, nicht aber ein menschenwürdigeres Dasein ihrer Bürger.

Das Schwierigste würde sein, das wußte ich schon zu Hause, mich von Organisatoren nicht in ein Getto für ausländische Touristen abdrängen zu lassen. Ich will die Russen in ihrer Welt kennenlernen. Und es gelingt mir auch, viele Menschen zu sprechen, die hier glücklich sind, die die Regeln akzeptieren und nirgendwo anders leben wollen. Zufriedene Menschen, die nicht ständig innerlich gegen die zahlreichen Beschränkungen angehen, sondern sie als etwas Natürliches empfinden. Als Westler neigt man freilich immer wieder dazu, die Fehler des Systems zu beschreiben und nicht die Menschen.

Die Leute, mit denen ich ins Gespräch komme, haben alle ernste Gesichter, blicken in sich versunken geradeaus. Kein Lachen, keine überschwengliche Freude. Jedes tiefe Erwachen setzt einen tiefen Schlaf voraus. Im Grunde ihres Wesens sind alle Menschen sozial und kommunikativ. Das Böse ist nicht angeboren. Jeder hat das Bestreben zur Selbstverwirklichung. Ja, in diesen Gesichtern ist deutlich zu lesen, diese Menschen glauben an die Kraft des Guten. Unsere gemeinsame Erfahrung ist die Vergangenheit. Auch diese Gesichter haben Lust auf neue Erfahrungen und wollen nicht nur älter werden. Aber sie sind geduldiger als wir. Sie wollen nicht immer alles jetzt in diesem Moment. Natürlich überfallen sie auch einmal Zweifel, Zweifel, daß sie zu lange warten. Zweifel, ob sie sich wirklich selbst begegnen.

Du hast mich gebeten, Dir meinen ersten Traum aufzuschreiben. Hier ist er: Ein junges, unverbrauchtes Mädchen läuft bei Vollmond Anfang Juni nackt aus dem elterlichen Haus und zerhackt einen lichterloh blühenden Birnbaum. Judasse niederer Ordnung fragen sich vor in die Sperrbezirke ihres Unter-Ichs. Ein sterilisiertes Schweewittchen läuft ins Haus zurück. Aus einem verseuchten Himmel fällt eine weiße Rose in ihre unschuldigen Schenkel. Dann stolpert einer, laut schreiend, mit verbundenen Augen durch eine Kastanienallee. Der lange Weg zum innersten Kern der Dinge. Ich glaube, es ist Pentheus, der Mann ohne Gott, der von Dionysos in die Falle gelockt wurde.

Als ich am nächsten Morgen aus dem Fenster blicke, rollt unten auf der breiten Straße ein weißer Wolga im Schrittempo, auf der Hutablage des abnehmbare Blaulicht. Vor dem Beriozka-Laden, wo die Ausländer in Westdevisen die überteuerten Souveniers kaufen, macht der Wolga langsam, bleibt für vier, fünf Minuten stehen. Ich gehe hinunter, um Dir die versprochene Puppe in der Puppe auszusuchen. Ein alter Mann genießt auf einer Parkbank den Schatten unter einem Alleebaum. Junge Russinnen schieben ihre Kinderwagen durch die jetzt schon brütend heiße Junisonne, quatschen wohlgelaunt aufeinderlos, alle in engen weißen und bunten Blusen, die ihre großen Brüste zur Geltung bringen, in knielangen, auch zu engen Röcken, die ihre Pobacken abzeichnen. Kindergeschrei und das Geräusch unerbittlichen Teppichklopfens aus einem Hinterhof.

Promenade in Leningrad

Ich erinnere mich noch gut, als mein Vater mich im Krieg mit nach Rußland nehmen wollte, es war einer seiner letzten Urlaubsbesuche, und ich probierte immer wieder, ob ich auch wirklich in den Koffer paßte. Das war kein Spaß damals, aber natürlich auch nicht blutiger Ernst.

Der leere Wolga parkt jetzt unter der Allee, der Fahrer ist ausgestiegen, er schlendert den Bürgersteig entlang, von niemand beachtet, offenbar von niemand gefürchtet. Ob da oben in einer dieser Billig-Wohnungen von so einem ,,Nullmenschen" wie Sacharow letzte Signale einer Dissidentenbewegung in den Westen gefunkt werden, oder ob da ,,ein Verleumder seines Vaterlandes" einem obskuren Ausländer geheime Dokumente übergibt?

Das politische Monopol der freien Meinungsäußerung besitzt allein der Staat. Es ist leider so, bei uns so bekannte Persönlichkeiten wie Solchenizyn, Grigorenko, Bukowski, Orlow oder Sacharow werden hier zu Hause als ein ,,unbedeutender Haufen antisowjetischer Zwerge" bezeichnet. Waren es auch tatsächlich immer wenige, die sich gegen die Machthaber auflehnten, so haben doch in der Geschichte Rußlands schon immer die Mächtigen vor den Worten ihrer intellektullen Gegner gezittert. Erst mundtot gemacht und dann verehrt zu werden, widerfuhr auch Puschkin, Dostojewski und Pasternak.

Immer wieder hörst du davon, wie Hunderte und Tausende in den Straßen Moskaus oder Leningrads, auf den Friedhöfen, auswendig die Verse ihrer großen Dichter rezitieren, die diese zu Lebzeiten oft in der Verbannung oder im Ausland niederschrieben.

Rußland ist das größte Land der Erde, neunzigmal größer als die Bundesrepublik. Daß wir mehr asphaltierte Straßen haben als dieses Riesenland, sagt viel über die Infrastruktur. Aber auch hier ist der Blickwinkel entscheidend; das Plus muß man nicht unbedingt auf unserer Seite sehen. Doch ein Russe muß auch fünfmal so lange für ein Paar Schuhe arbeiten wie wir! Unter der Sowjetmacht hat sich Rußland vom einstigen Weizenüberschußland zum größten Getreideaufkäufer entwickelt!

Am meisten betrübt mich, daß die Menschen überall Schlange stehen müssen. Ob sie Brot, eine Beißzange oder eine Fahrkarte kaufen wollen. Der Kunde ist nicht König, sondern wird überall wie ein lästiger Bittsteller behandelt. Die Russen haben deshalb eine besondere Einkaufsstrategie entwickelt. Sie kaufen nicht das, was sie brauchen, sondern das, was es gerade gibt. Insbesondere Fleisch ist Mangelware. Der Traum vom Sozialismus ist längst ausgeträumt. Der Staat ist reich, die Menschen entsetzlich arm.

Nur Brot ist extrem billig in Rußland. Deshalb haben die Menschen auch keinen Respekt davor; sie werfen das alte weg und kaufen sich frisches.

Kontakte und Freundschaften zu Ausländern sind unerwünscht. Manche Russen bekommen aber eine Sondererlaubnis, und der Hotelmanager erzählte uns, er habe eine solche. Der Durchschnittsrusse aber hat schon Schwierigkeiten zu erwarten, wenn er sich in ein ganz harmloses Geplauder einläßt.

Immer noch kann man sehr gut mit den typischen Geschenken, Nylonstrümpfen, Kugelschreiber, Kaugummi, kleine sich anbahnende Ärgernisse im Keim ersticken. Selbst die faltigen, verwitterten Gesichter zeitloser Babuschkas glätten sich, wenn man ihnen ein solches Utensil zusteckt. Beim stundenlangen Anstehen um die ,,Defizit-Dinge" — ganz gewöhnliche Gebrauchsgegenstände, die sonst nicht zu haben sind — nutzen diese Tricks natürlich nichts.

Vieles fällt aus der Welt der Ziffern und Zwecke. Der Anarchist geht in den Wald. Um das systematische Denken mit anderen Formen der Erkenntnis und mit der Vielfalt der Erfahrung in ein Verhältnis fruchtbarer Spannung zu bringen. Vieles fällt aus der sozialen Alltäglichkeit mit ihren Pflichten und Regeln heraus. ,,Die Phantasie“, sagt Ernst Jünger, „ist die wissenschaftlichste aller Eigenschaften.“

Eiszeit zwischen Ost und West. Hans-Dietrich Gentscher will in Moskau den Ost-West-Dialog beleben. Aber es gelingt ihm nicht. Das große Mißtrauen kann nicht überwunden werden. Als Antwort auf die Nachrüstung der Nato stellen die Russen in der DDR und in der Tschechoslowakei die neuen SS-22-Kurzstreckenraketen auf.

Vergebliche Versuche, die Schwelle zwischen Wachen und Träumen einzuebnen. Vorgeburtliche Sensoren haben sich in waldreiche Schlupfwinkel zurückgezogen. Hier in den Straßen von Leningrad fühlst du dich heimlich gejagt und verfolgt. Mit Trauermusik möchte man den Russen helfen, ihrer Selbsttäuschung auf die Spur zu kommen.

Aber unter dem Hammer sieht man das anders: Stalins Regierungchef und Außenminister, Wjatscheslaw Molotow, wird wieder in die Partei aufgenommen. Grund: Stalin ist keine Unperson mehr. Während der Februarrevolution von 1917, die den Zaren stürzte, vertrat der heute 94jährige, ein Bolschewiki der ersten Stunde, die Partei in Petrograd.

Viele Ausnahmen gibt es für die VIPs und führende Regierungsmitglieder. Wenn sie in ihren schwarzen Limousinen kommen, werden die anderen Verkehrsteilnehmer gestoppt. Für sie gelten die sonst sehr kleinlich ausgelegten Verkehrsregeln nicht. In Moskaus Hauptstraßen steht ihnen sogar eine eigene Fahrspur zur Verfügung.

„Die Sowjetfunktionäre gestatten sich einen luxuriösen Lebenstil wie Bilderbuchkapitalisten", sagt Botho Kirsch in seinem Buch „Zwischen Marx und Murks". Die Privilegierten wohnen in Dienstvillen mit Dienstwagen und Hauspersonal. Ihre Ferien verbringen sie auf Staatskosten in Sommerdatschas. Wenn sie fliegen, steht ihnen ein besonderer Flughafen, Wnukowo II, zur Verfügung. Sie brauchen sich in keine Lebensmittelschlange einzureihen. Sie lassen von livrierten Chauffeuren in eigens für sie eingerichteten Delikateßläden kaufen.

In Leningrads Straßen sieht man kaum zierliche Figuren. Wenig unbeschwertes Teenagergekischer, eher herbe, ernste Mütterlichkeit. Viele schlechtsitzende, meist zu enge, buntgedruckte Kleider, ungepflegte, fettige Haare. Überall einsam aussehende Menschen, alte und junge. Oft Gezänk mitten auf der Straße. In den großen Städten liegt die Scheidungsrate bei 50 Prozent.

Technische Gewaltleistungen aus Stahl und Beton sollen die Überlegenheit des Kommunismus beweisen. Die Partei demonstriert eine souveräne Verachtung des menschlichen Glückverlangens.

Wenn man nicht genau hinsieht, sieht man nichts von alledem. Überall blühende Sonnenblumen und nirgends ein Zeichen von Gewalt. Wenn man es nicht wissen will, weiß man es nicht: Jahr für Jahr wird ein großer Teil der schöpferischen Intelligenz außer Landes in die Emigration getrieben.

Die westdeutschen Volkshochschulen neigen dazu, die kommunistische Ideologie zu überschätzen und zu verbrämen. Lenin hat die natürliche Tendenz der Arbeiterbewegung als „Opportunismus" verurteilt. Für ihn und die russischen Kommunisten war die Arbeiterschaft nur ein Mittel zum Zweck der sozialen Revolution. Wie Marx und Engels fühlte er sich als intellektueller Fremdkörper in der Arbeiterbewegung — ähnlich wie manche Mitglieder des Schriftstellerverbandes bei uns in der IG Druck und Papier.

Kommunismus, mein Lieber, das habe ich hier sehr deutlich gesehen, ist eine Frage des Glaubens und der Hoffnung. Mit den marxistischen Ladenhütern vom Klassenkampf, von Ausbeutung, Mehrwert, Imperialismus und Monopolkapitalismus kann man den denkenden Russen schon lange nicht mehr kommen.

Manchmal ist Geld der entscheidende Faktor, manchmal die lange Warteliste. Manchmal muß man eine Eheschließung vortäuschen, um nach

Moskau oder in eine andere Großstadt ziehen zu können. Wer kein „Blat" (= Beziehungen) hat, kommt an Wohnungen und andere „Defizit"-Dinge nicht ran.

Helfen können sich die Russen oft nur durch Nebenverdienste, teils legal, teils illegal. Viele erteilen Nachhilfeunterricht oder so etwas Änliches oder lassen einfach irgend etwas mitgehen, was ihnen nicht gehört. Lkw-Fahrer füllen Benzin aus ihrem Tank in Privatwagen, Arbeiter nehmen kurzerhand Gegenstände von der Arbeitsstelle mit.

Einige von Lois Fisher-Ruge in ihrem Buch „Alltag in Moskau" verbürgte Sätze:

„Jeder Autobesitzer weiß, daß er gleich nach dem Kauf eines Wagens mit dem Reparieren anfangen muß."

„Der Chef-Metzger Mischa hatte das System von Anfang an durchschaut. Man gibt den wichtigen Leuten gutes Fleisch und den einfachen Leuten die Knochen. Deshalb stieg er schnell auf."

„Wenn bei uns jemand hart arbeitet, verdient er nicht mehr als sein Kollege, der nur dasitzt und den ganzen Tag Tee trinkt. Deshalb machen viele Leute nur das Allernotwendigste. Jeder weiß, daß er die richtigen Beziehungen haben muß, wenn er etwas erreichen will."

,,Jeder Mensch in diesem Land nimmt sich das Recht, anonyme Briefe zu schreiben, in denen er andere Menschen kritisiert oder angreift.''

Warum das alles? Es gibt nur eine Antwort: Angst der Kremlführung vor Machtverlust. ,,Rechtfertigt wenigstens der geschichtliche Erfolg den Tod von zehn bis fühnzehn Millionen Menschen in den Folterkammern des NKWD?'' fragt Botho Kirsch, und seine Antwort ist ein klares Nein: ,,Die schlichte Wahrheit nach über sechzig Jahren Aufbau des Sozalismus in der UdSSR ist, daß die Sowjetbürger schlechter leben als die Menschen in allen modernen Industriestaaten.''

Östliche Wirtschaft lebt und denkt in der Planerfüllung bzw. der -nichterfüllung. Sowjetische Restaurants dürfen täglich für fünf Rubel Suppengrün verwenden. Ab einer gewissen Kälte dürfen Fausthandschuhe abgegeben werden. Der Friseur hat den Unterteil des Kopfes bis zu den Ohrläppchen mit der Haarschneidemaschine freizulegen. Planung total. Denken nicht erwünscht. Gefühl, was ist das?

Oft zeigt man es uns sehr deutlich. Wir sind nicht sehr geliebt. Man nimmt zwar mit spitzen Fingern unsere Devisen, möchte aber ansonsten nichts mit uns zu tun haben. Bezeichneten doch gerade erst jetzt, vierzig Jahre nach Ende des

Zweiten Weltkrieges, die russischen Zeitungen die Deutschen als „faschistische Tiere", „Gewürm", „braune Horden", „unersättliche Heuschrecken", hinter denen die Fahrzeuge der Strassenreinigung den „Schmutz und den Geist des Faschismus" wegspülen müssen.

Alle Verbrechen wurden im Namen des „Guten" akzeptiert: der Kolonialismus, der Faschismus, der Stalinismus.

Die Machthaber im Kreml sind vermutlich keine schlechteren Menschen als die im Pentagon. Doch der Gedanke an Afghanistan stimmt bedenklich. „Aber die Politik der Menschenrechte ist das Schwert, mit dem man Rußland attackieren muß: mit Informationen, mit Wahrheiten in Bild, Funk und Fernsehen, aber nicht mit Atombomben", sagt André Glucksmann, einer der gescheitesten Köpfe in Westeuropa. Jede Diktatur lebt von den Lügen, die sie über ihre Gegner verbreitet. Die meisten Russen wissen nicht, was wahr ist. Weder der Gekreuzigte noch Dionysos waren hier. „Kein Auge wird die Pracht und Ungeheuerlichkeit der Katastrophe schauen können." (Hermann Nitsch)

Ich hätte mir die Augen verbinden und Ohrklappen anlegen müssen, hätte ich meinen Plan verwirklicht und Dir erzählt von den in gepflegten Parks liegenden Schlößchen, von den phantastischen Palästen, insbesondere dem Sommer- und Winterpalast, von der weit über die Stadt golden leuchtenden Kuppel der Peter- und Pauls-Kathedrale, von den feingliedrigen Schmiedeeisengittern, den geschnitzten Treppengeländern, den großzügigen Auffahrtsrampen zu Seitenflügeln, dem getäfelten Audienzzimmer Peter des Großen, den Marmor- und Malachitkaminen, den unermeßlichen Reichtümern der Eremitage oder gar von der putzsüchtigen Katharina der Großen, bei deren Tod man 15 000 Kleider in ihren Schränken fand. Das alles soll nicht abgewertet werden. Ich habe Dir einen kostbaren Bildband von den zaristischen Glanzstücken mitgebracht.

Spät abends in der Hotelbar trinken wir mit Finnen und Russen Wodka, zahlen in DM, sprechen englisch. Die hageren, rothaarigen Finnen sehen mit ihren geteilten Bärten und den wassertrunkenen Augen wir irische Whiskyreklamen aus. Die russischen Barkeeper Wladimir und Fjodorowitsch lachen zungenschwer: Alle Tiere und Kinder sind Bettler und Diebe. Hopp, niemand beklagt sich, wir werfen unsere kleinen Sorgen hoch in den Himmel, tief ins Meer!

Einer zitiert Marina Zwetajewa: ,,Ein Mangel an Moral, ohne den die Kunst nicht existieren kann; wollte sie gut sein, die Kleinen nicht in Versuchung führen, müßte sie auf gut die Hälfte ihrer selbst verzichten."

Gegeben ist nur dem Unschuldigen oder dem All-Wissenden. Auf geräuschlose Art greifen die Nachrichtensysteme beider Großmächte ineinander über. Komplizenschaft, Lochstreifen, Geheimnisverrat, Notausgang. Mehr Suppe für Iwan Normalverbraucher!

Einem Menschen, den man liebt, springt man kurzerhand nach, auch wenn das Eis bricht. Und zum Abschluß noch einmal Marina Zwetajewa: „Der Bucklige bezahlt für seinen Buckel, der Engel für seine Flügel, wenn er auf Erden weilt."

Der ewige Stehschlaf
Ägypten

Noch bevor ich da gewesen bin, mache ich mir klar, daß das ein Land ist, wo vor mir schon so viele vorbeigegangen sind, mit ihren Füßen beschritten haben, in den verschiedenen Sprachen darüber geredet und geschrieben haben. So viele Bilder, Empfindungen sind hier entstanden, daß es schwer sein wird, etwas Neues, Persönliches, Unvorhergesehenes wahrzunehmen.

Allmählich ordnet sich das Bild, das man sich von dem zu erkundenden Land macht, fügt sich zu einem Ganzen zusammen. Mit dem Finger auf dem Globus und in Landkarten hat man die Fremde erkundet, Entfernungen abgeschätzt, Pyramiden, Tempel, Skulpturen, Hieroglyphen eingeordnet. Mit geröteten Augen blättert man in der Menschheitsgeschichte. Mit Horus, dem kampffrohen Falkengott erobert man für Re das Weltall, in Theben stibitzt man von einem Türsturz eine Aloewurzel, die mit ihren fünf abgeschnittenen Enden Schutz gewährt. Mit den Feluken treibe ich auf dem trage fließenden, lehmfarbenen Nil.

Mit Respekt, lieber Markus, nähere ich mich Ägypten, dem golden glänzenden Morgenland, wo man diese gigantischen Bauwerke für die

Ewigkeit geschaffen hat, wo phantastische Mischwesen den Menschen die göttlichen Kräfte der Tiere übertragen.

Wieviel Möglichkeiten hätte die Geschichte in den Jahrtausenden gehabt, sich anders zu entscheiden. Komm, blick mit mir zurück in die Weite des unbegrenzten Raumes. Auch wenn sich diese Vor-Welt zurückzieht, so folgen wir ihr dorthin, wo die Dichte der Möglichkeiten anwächst, wir verlaufen uns in den verzweigenden Abweichungen, tausendundeiner Weichenstellung, aber wir halten uns an den Händen und finden uns wieder bei dem obersten aller Götter, Amun, der unsichtbar ist und der Verborgene heißt.

Wir schließen die Augen, sagen Faruk, Nasser, Sadat, Mubarak. Wir grübeln mit den fünfundvierzig Millionen (sechshundertsechzig Menschen pro Quadratkilometer) über die Einführung einer Altersversorgung, die Durchsetzung der Einehe, die Emanzipation der Frau.

Wir öffnen die Augen und finden uns fünftausend Jahre vor Christi bei den nomadisierenden Jägern und den seßhaften Bauern im Niltal wieder. Wir schaffen uns tierische Gottheiten, magische Figürchen, ein unförmiges Gebärgefäß, Geister, Dämonen, Halbgötter, Mythen. Wir erfinden die Bilderschrift und führen den Kalender ein. Unsere „Lebendigmacher“, die Bildhauer, lassen es chaotisch wimmeln, ein geschwänzter, schakalköpfiger Mensch mit Phallustasche am Gürtel, der eine Flöte bläst.

In der mutterrechtlichen Ordnung liegt die Begründung für Geschwisterehen in den Königsfamilien. Die Pyramidenbauer, waren es üble Despoten oder errichtete ihnen ein gläubiges Volk aus Dankbarkeit ein Totenmal, damit sie auch noch aus dem Jenseits Segen und Glück spenden können? Der Kampf zwischen Sonne und Mond. Weihrauch und Myrrhe, Gummiharz und Balsam, Elfenbein, Gold, Ebenholz, Leopardenfelle. Altes, mittleres, neues Reich, Erblühen und Zusammenbruch der Dynastien.

Der Eingang in die Pyramide ist immer von Norden her, zu dem Polarstern hin, in die Flugrichtung der Seele des Toten. Sie hatten schon einen Sinn, die Pyramiden: Dem Körper die ewige Existenz zu sichern, die Ewigkeit zu überdauern. Das Bild als Kunstwerk in unserem Sinne, als Schmuck, gibt es nicht. Schon gar nicht waren die Bilderfolgen für einen Betrachter gedacht. Sie waren allein für den Toten da. Das Wasser ist blau, dic Pflanzcn sind grün, dic Männcr braunrot, die Frauen hellgelb, die Kleider weiß.

Wissend blicken wir auf die Wiederholungen der Geschichte: blutige Aufstände, kurzlebige Regierungen, anarchische Zustände, Memphis gegen

Theben, Norden gegen Süden, Haremsintrigen, hinterhältige Morde. „Kenne keinen Freund, hüte dir selbst dein Herz."

Hatschepsut, die wahre Friedensfürstin, die erstgeborene Prinzessin, erhielt Titel und Rang einer Gottesgemahlin des Amun. Echnaton, „der von der Wahrheit lebt", setzt an Stelle des falkenköpfigen Menschen die Sonnenscheibe und kehrt mit seiner schönen Frau Nophrotete Theben den Rücken. Der eigenwillige — vielleicht gar verrückte — Herrscher läßt den Karren laufen; in Syrien zetteln die Hethiter Aufstände an, in Palästina fallen die Hebräer ein.

Da scheint sich alles zum Guten zu wenden, ein neunjähriger Knirps namens Tut-ench-Amun kommt ans Ruder. Ein Aufatmen geht durchs Land, die alten Kulte leben wieder auf, — da stirbt der Pharao, erst neunzehn Jahre alt.

Aber bald folgt noch ein Großer. Ein Wüterich im Siegen, Bauen und Kinderzeugen. Von seiner Mumie wurden kürzlich Röntgenaufnahmen gemacht. Er hatte Karies, eine versteifte Wirbelsäule und Abszesse im Unterkiefer: Ramses II.

Die Gefahr von außen wächst: Kämpfe gegen Libyer, Berber, Assyrier, aber auch gegen Achäer, Danaer, Tyrrhener, Sizilier und Sarden. Nicht alle Pharaonen sterben eines natürlichen Todes. Oft geht es im Reich drunter und drüber. Selbstherrliche Priester möpfen auf. Plünderungen, Brandstiftungen, Gewalttaten. Äthiopische, libysche, persische Herrschaft. Unrühmlich enden die 30 ägyptischen Dynastien mit Meuterei und Desertation, mit lächerlichen Machtkämpfen und kleinlichen Rivalitäten.

Dann kommen die Griechen, die Römer, die Byzantiner. Ägypten wird christlich, islamisch und wieder ägyptisch.

Am Anfang jeder Überzeugung steht kein überholtes Alibi, sondern das geschichliche Ereignis der Befreiung. Kettenreaktion, Zeitgeist im Lendenschurz.

Du weißt, mein lieber Markus, daß mir von allen ägyptischen Göttern Horus am tiefsten ins Herz gewachsen ist. Horus, der vom Mond- zum Sonnengott wurde, der Sohn der Isis und des Osiris, der strahlende Gegenspieler des im Trüben fischenden Seth. Horus, der Herr des Himmels, der alles Böse überwindet. Horus, der den Himmel erhebt, aus dem er hervorgegangen ist. Horus ist stolzer Falke und geflügelte Sonne, aber auch fingerlutschendes Kind.

Im Nubischen Kalkstein hat der Nil ein weiches Bett. In Ägypten zwingen ihn Granitbarrieren in sechs Katarakte. Zwischen diesen Stromschnellen lassen die Nilgötter Mophi und Krophi den Fluß anschwellen: der Nilometer im Tempelbezirk der

Elephantine: „Bei 12 Ellen Hunger, bei 13 Ellen Genüge, bei 14 Freude, bei 15 Sicherheit und bei 16 Überfluß." Unter Palmen am Fluß ist immer ein Platz, wo man nachdenken und träumen kann. Wo man plötzlich gewahr wird, daß man angekommen ist, hier im Frieden, hier am Anfang der Zeiten.

Hier im Nil spiegeln sich die Segel der Feluken, aber auch die Labyrinthe von Fassaden, die seitlichen Ausgänge, die geheimen Pforten und verborgenen Treppen, die göttlichen Windungen. Im Nil spiegeln sich die Sonnenaufgänge und die Mondfinsternisse. 20 Dynastien von Pharaonen blicken dich an, salben dich mit den Salben der Unsterblichkeit. Der Fluß verleiht dir die Macht Amons. Sphinxen neigen vor dir ihre gekräuselte Stirn. Wenn du willst, fallen die Sterne wie Staub in die Wüste.

Eine Handbewegung und du schreitest durch die gigantischen Pylone, vorbei an den Kolossen von Ramses, Amenophis, Tutmosis. Die Hieroglyphen in den Obelisken raunen dir die Geheimnisse der Wildenten, Ibisse und Adler zu. Ein Wort von dir und der Nil steigt aus seinem Bett, und die Hohen Priester verneigen sich mit ihren unzähligen Federfächern. Du stehst im Angesicht der Ewigkeit: Das ist der Vater der Väter, die Mutter der Mütter und der Stier der sieben himmlischen Kühe.

Die Alabaster-Sphinx im Palmenhain von Memphis

Du bist der Traum und die Macht. Du bist es, der zu sprechen beginnt inmitten des Schweigens. Der Nil beginnt seinen Lauf.

Da ist zunächst Karnak mit dem südlichen Luxor auf dem Westufer. Die monströse, riesenhafte Tempelstadt zählte schon zu den Weltwundern der alten Welt. Vom Mittleren Reich (der 11. Dynastie) an bis in die römische Zeit wurde hier dem großen Amun gehuldigt. Nirgendwo, sagt Rilke, sei das Maß an Opferung eindrucksvoller zu erfahren. Neben Amun die Göttin Muth mit den Geierfedern und der Sohn Khonson, eine Mondsichel auf seinem länglichen Haupt.

Du schreitest durch die von wuchtigen Widdersphingen flankierten Alleen, wirst klein und kleiner, aber nicht erniedrigt von den gewaltigen Kollossen, den Pylonen, den Torbauten, in den Himmel ragenden Säulenhallen. Was sind zweitausend, viertausend Jahre? Nichts! Und du verneigst dich vor der Maßlosigkeit der Ruinen mit den kahlgeschorenen Priestern, welche in acht Fünferreihen den Schrein des großen Gottes zur Landungsbrücke tragen.

Alles war und ist vom Fluß bestimmt. Auf Barken brachte man den rötlichen Granit, den Diorit und den Alabaster. Nein, nein, du träumst nicht, in deinen Adern spürst du den lässigen Flügelschlag des Kormorans, das Beben des Schilfrohrs. Auch wenn der Pharao namenlos geworden ist, weil die Nachfolger die Kartuschen aus dem Sockel schlugen und neue einmeißelten, die wieder zerstört wurden, geblieben ist die kleine Gestalt einer liebenden und geliebten Königin, die sich zärtlich an das Bein des Riesenstandbilds drängt.

Nur einer schreckt dich aus dem eigentümlichen Schwebezustand: Ramses II. Er ist der Größte. Er erhebt Anspruch auf die siegreichsten Siege, die meisten Bauten. Siebenundsechzig Jahre trug er die Krone des Oberen und Unteren Ägyptens. Und als ihm seine Königinnen nicht mehr ausreichten, nahm er noch vier seiner eigenen Töchter zur Frau, zeugte zweihundert Kinder! Fruchtbar der Nilschlamm, der auch die Büschel der Papyrusstaude, die Fische, Reptilien und Vögel gebiert. Das alles nährende Gewässer, das weiße Licht, die fruchtbare Erde. Vielleicht haben wir ein besseres Verständnis für das Unsichtbare als für die Realität.

In einem Palmenhain, von einem hufeisenförmigen See umschlossen, der zierliche Tempel der Göttin Muth. Zwischen Kameldorn steinerne Katzen, Granitbilder der löwenköpfigen Heilgöttin Sechmet, zu der noch heute esoterische Gemütskranke wallfahren.

Auch Luxor ist Theben. Auch hier ein gewaltiger Tempel, auch hier herrschten Amenophis III.,

Ramses II., Thutmosis III. Auch hier zwischen den Beinen der Herrscher wunderschöne Königinnen. Die Wärter zeigen sie dir allzu hilfsbereit, allzu schnell, mit Händen und Lippen Backschich fordernd. Sie zeigen dir die leeren Sockel, von wo die Obelisken nach Paris zum Place de la Concorde, aber auch nach Rom, London, Istanbul „gereist" sind. Im Allerheiligsten, das stets erhöht und dunkel ist, zeigt dir der Wärter die Spuren Alexander des Großen, der Römer, der Christen.

Zweitausend Jahre von Festen der Freude und Festen der Trauer, von Kämpfen, von Liebe, von Zorn und Haß und Krieg. Wie lächerlich winzig klein der Mensch. Nicht einmal ein einziges Blatt an einem Baum in einem unendlichen Wald in dem großen Herz der Nacht.

Auf dem Nil warten offene Kaleschen mit geflickten großen Segeln auf Touristen. Ein Nachfolger Ramses II. verkauderwelscht dir, daß es sich in diesem Land nicht lohne, einen Tempel anzusehen, der erst zweitausend Jahre alt ist!

Die Legende berichtet, daß gegen Re-Harachte, den König der Götter, ein Komplott geschmiedet wurde, während er im Schiff durch Nubien fuhr. Re-Harachte beauftragte Horus von Behdet (alter Name für Edfu), die Revolte niederzuschlagen. Horus besiegte die Feinde in mehreren

Schlachten auf dem Nil, aber diese erschienen in der Folgezeit wieder, und zwar in der Gestalt von Krokodilen und Nilpferden. Der Gott jagte sie bis zu den Grenzen von Ägypten und Nubien. Dort nahm er die Gestalt einer von Uräus-Schlangen geflügelten Sonnenscheibe an. Die entsetzten Feinde waren nicht mehr fähig zu widerstehen und ließen ihr Leben auf der Stelle. Re-Harachte beauftragte Thot, diese geflügelte Sonnenscheibe in allen Heiligtümern, in denen er sich ausruhte, und in anderen Göttertempeln von Ober- und Unterägypten anzubringen; sie wurde ein Symbol des Schutzes und des Triumphes für die Götter so gut wie für die Könige.

Hat man sich eingesehen, gibt es natürlich auch viele Wiederholungen: Ein König überfällt seine Feinde, ein Gott überreicht ihm das Sichelschwert. — Das Wichtigste ist, sich zu erinnern. An das kleinste, das winzigste. Deshalb sind wir lebendig. Deshalb bleiben wir. Der Ausblick in Vergangenes: alles lassen, wie es ist.

Manche steinerne Horusse haben die Köpfe verloren. Der Krokodilgott Sobek hält seinen ewigen Stehschlaf. Habe ich Dir schon von den Katzenfriedhöfen der Spätzeit erzählt? Von Anubis, dem schakalköpfigen Gott, dem schwarzen Einbalsamierer? — Alle Götter sind auch hier drei, Amun, Re und Ptah: Geist-Schöpfer-Leib.

Im Tal der Könige wundert es mich nicht mehr, daß die ägyptische Regierung ein Ausfuhrverbot für alle Objekte aus dem goldfunkelnden Grabschatz des Tut-anch-Amun erließ, nachdem man bei der letzten Europa-Tournee der Schutzgöttin Selket den emblematischen Kopfschutz aus vergoldetem Holz zerschmetterte.

Von der 3. bis zur 18. Dynastie bestattete man die Könige in Pyramiden. Dann entwickelte sich aus Sicherheitgründen und aus einer anderen Bewertung der Totentempel die Bestattungsart, wie sie am deutlichsten im Tal der Könige zu sehen ist. Von den 64 Gräbern sind nur sechs zugänglich. Die meisten hat man für den Publikumsverkehr wieder geschlossen, weil irreparable Schäden durch Atemluft und Schweiß entstanden sind.

Die Gräber sind stollenförmig bis 200 Meter tief in den Fels getrieben. Drei Korridore liegen hintereinander, oft sind Nischen für das Totengerät ausgespart. Nach einer Vorhalle betritt man den Sargraum, wo in einer Vertiefung am Boden der Sarg eingelassen war. In Nebenräumen waren die Schätze und Beigaben untergebracht. Die Wände sind mit Zeichnungen und Texten aus dem „Amduatbuch" und dem „Pfortenbuch" überzogen. Sie berichten, wie es in der Unterwelt zugeht, sie zeigen die allnächtliche Krafterneuerung der Sonne, sie zeigen die Ungeheuer und feuerspeienden Schlangen an den Pforten, die Stunde für Stunde dem Sonnengott den Weg versperren und nur durch die rechten Schlüsselworte geöffnet werden können.

Die größte Berühmtheit erlangte das Grab des Tut-ench-Amun, weil es als einziges unberaubt 1922 entdeckt wurde. Es ist der vollständigste und kostbarste Grabfund, der je in Ägypten gemacht wurde, obwohl der mit 19 Jahren verstorbene (wohl ermordete) Pharao in einem relativ kleinen Notgrab bestattet wurde. Die Mumie ist noch hier, die meisten prunkvollen Beigaben finden sich im Kairoer Museum wieder.

Sehr viel müßte ich Dir noch von den anderen Gräbern erzählen, besonders von dem der eigenwilligen, originellen Pharaonin Hatschepsut. Sie wurde geliebt, aber auch einzigartig gehaßt. Nach ihrem Tod zerstörte man Jahre hindurch ihre Bildnisse. — Die Zeit und der Platz sind beschränkt; ich muß mich zwingen, meine Gedanken am kurzen Zügel zu führen. Aber ich muß Dir sagen, daß ich es noch nie so bedauert habe, daß ich nur zwei Augen habe. Und das, obwohl in Ägypten alle Formen und Farben klar sind. Zwischen dem Blau des Himmels, dem frischen Grün des Fruchtlandes, dem Gelb-Braun der Wüste und dem blau-grünen Nil wimmelt es von Menschen. Im Norden sind sie braun, im Süden schwarz, feingliedrig, schlank, die Männer oft von erotischer Frische, die Frauen hochgemut,

Der Sphinx geben die Hieroglyphen auf dem Obelisken keine Rätsel auf

manchmal fast von arrogant aufgeblühter Schönheit. Nur selten schleppt sich ein müder Körper durch die Gegend. Wenige scheinen besorgt über eine möglicherweise verpaßte Chance zum anderen, vielleicht besseren, versäumten Leben hin. Auf den Feldern überall Ziegen und Schafe. Auf allen Wegen bunte Händler mit Kamelen und Eseln, die unentwegt freundlich auf dich zugehen, aber immer das manchmal auch lästige Zauberwort „Backschisch" in den offenen, freundlichen Augen tragen.

Am Schadüf, einem Pumpenschwengel mit Eimer oder Korb und einem Lehmklumpen als Gegengewicht, schwitzen die dunklen Männer. Büffel, Rinder oder Kamele treiben Wasserräder, die Sakija, um das Wasser aus den Nebenkanälen des Nils auf die höhergelegenen Felder zu leiten.

Schwarzverhüllte Frauen schreiten gemächlich, aber aufrecht, den Wasserkrug auf dem Kopf zum Fluß — sicher nicht ahnend, wie viele krankmachende Keime sich im Nilwasser befinden! Am Boden sitzen alte Männer, allein oder in Gruppen, suggeln an ihren bizarren Wasserpfeifen. In einem Dorf, durch das wir fahren, sitzen etwa hundert Menschen um ein Haus, klagen laut oder schweigen mit ernsten Gesichtern, dazwischen ein rot bedeckter Sarg, offenbar der Beginn eines Leichenzuges. In den Städten gibt es Ampeln, Zebrastreifen, Einordnungslinien auf der Straße. Aber das scheint reine Dekoration, hier herrschen das Faustrecht und undurchschaubare Hupsignale. Allein bist du in Ägypten verloren. Es gibt zuviel, was man nicht auf Anhieb versteht!

Unsichtbare Verbindungen durch Raum und Zeit. Das Ritual der Erniedrigungen und Demütigungen. Vielleicht duscht der Teufel mit Weihwasser. Man muß sein Glück versuchen, — auch mit einem schlechten Blatt. Wart nur mal ab, was passiert, wenn der kleine Mann von nebenan mal darf, wovon er schon so lange träumt. Der Film „Paris, Texas" braucht zweieinhalb Stunden, um eine Mutter und ihren kleinen Sohn nach vier Jahren der Trennung wieder zusammenzuführen. In Ägypten ist niemand auf der Flucht vor einer Vergangenheit oder auf der Suche nach einer Zukunft. Doch verlorene Söhne gibt es viele. Und vielleicht gibt es hier doch Menschen hinter der erdfarbenen Galabija, die die Wahnidee eines anderen Lebens im Kopf tragen. Vielleicht gibt es hier Menschen, die besinnungslos jahrelang durch die Wüste irren, um sich zu finden.

Gibt es etwas Gegensätzlicheres als die Stufenpyramide des Königs Djoser, den ältesten Steinbau der Menschheit, und die verrückten Papierperücken einer Nina Hagen, die schließlich auch nur ihre eigene Unschuld wiedergewinnen möchte: Man muß sich schon selber als Wesen lieben, um zu überleben. Hier, inmitten des Stadtfriedhofs von Sakkara erhebt sich aus dem Wüstenstaub der einmalig schöne, majestätische Bau 60 Meter in die durchsichtige, trockene Luft. Der Baumeister Imhotep hat diese gewaltige Himmelsleiter für seinen Herrn 2 800 Jahre vor Christus entworfen. Ob der tote König zum Sonnengott emporgestiegen ist?

In Assuan, auf dem Basar in der Altstadt, kann ich nicht widerstehen, mir eine braune Galabija, das ist dieses nachthemdartige Straßengewand aus Baumwolle, zu kaufen. Ein kluger Gewürzhändler mit wachen Augen, der seinen Laden direkt daneben hat, berät mich fachmännisch und erklärt mir die Unterschiede der verschiedenen Stoffarten und warum es teure und billige, dunkle und helle Kleidungsstücke gibt. Dieser Gewürzhändler entpuppt sich schließlich als Lehrer, der morgens seine Kinder unterrichtet und nachmittags und abends frischen Kümmel, Safran, Curry, Pfeffer und viele andere Kostbarkeiten verkauft. Er lädt mich zu einer Tasse Tee ein und bei ihm und seinen Freunden lerne ich, daß die Ägypter nicht diese verschlagenen, halsabschnei derischen Charaktere an den Pyramiden sind, sondern von Natur aus zuvorkommende, gastfreundliche Menschen, die uns ein kindhaftes Vertrauen entgegenbringen. Sie sind dankbar, wenn sie spüren, daß sie uns glücklich machen.

In Ägypten, sagt der Gewürzhändler-Lehrer Gamal zum Abschied, gebe es viele kleine, einfallsreiche Spitzbuben, aber keine Verbrecher.

Du stehst vor den mit Hieroglyphen bemeißelten Obelisken und denkst an die Mikrochips der Heimcomputer. Heimweh nach Rückwärts, wenn du in zwanzig Minuten von Assuan über die Wüste und den aufgestauten Nil nach Abu Simbel fliegst.

Hier hat man von 1960 — 1980 eine einzigartige technische Leistung vollbracht. Unter der Mitwirkung von 50 Ländern hat man zwei große Tempel mit Kolossalfiguren von Ramses II. zersägt und originalgetreu 64 m oberhalb und 180 m landeinwärts unter künstlichen Kuppeln und Felsen wieder aufgebaut. Winzig wuseln die Menschen um die Beine der allein 20 m hohen Königsfiguren. Aber es gelang auch, durch Ausgießen mit Kunstharz die kostbaren Innenräume vor den ansteigenden Fluten des aufgestauten Nil zu retten. Der Führer nennt sich Ramses und trägt über dem traditionellen Beduinenrock einen europäischen Sakko.

Dann fliege ich wieder über die öde, gelbe, endlos weite Wüste, über menschenfeindliche Einsamkeit, über Militärlager, schmale Betonbänder, das sind die Straßen. Und mitten hinein in das ungeheure, lärmende, vor Menschen erstickende

Kairo. Vorbei die wohltuende Ruhe in den Augen der bäuerlichen Fellachen und der christlichen Kopten. Hier herrscht europäische Geschäftigkeit und Hektik, kombiniert mit Chaos in den Straßen, Schmutz, Schutt, jetzt vielleicht noch besonders schlimm, weil man eine U-Bahn baut.

Hier spürt man die existentielle Ungewißheit der Menschen. Das hier sind keine Menschen mehr, die wir als Kunstwerke auf unserer Reise durchs Land bewunderten. In Kairo geht das Idyll des Gartens Eden in den wissenden Garten der Lüste über. Mit drastischer Klarheit die Sieben Todsünden. Am Straßenrand sitzen bärtige, korpulente gefallene Engel und blasen in die Blockflöte. Dämonen stürzen, verlorene Seelen fahren hinab in ihr Verderben. Jeder spielt seine Rolle. Man ist Opfer, nicht eigentlich krank. Gibt es wirklich eine kollektive Erinnerung? Gibt es eine unsichtbare Verbindung durch Raum und Zeit? Hier beginnt bereits die Zerstörung der Sinnlichkeit.

Lärm, Staub, Abgase können diese mit 10 Millionen Einwohnern überbevölkerte Stadt zur Hölle machen. Irgend etwas klappt immer nicht, die Stromversorgung, der Straßenverkehr, das Telefonnetz, die Abwassereinrichtung. Der Müll wird nicht durch die Stadtverwaltung beseitigt, sondern duch private Müllmakler an meist koptische Familien verkauft, die ihn nachts mit Eselkarren aus der Stadt transportieren und verwerten.

40 000 Menschen sollen davon leben können! Ich frage mich nur wie.

Niemand hat ja eine Ahnung, was wirklich in den Menschen vorgeht. Viele warten offenbar nur darauf, daß endlich einmal etwas Handfestes passiert in ihrem trostlosen Leben.

In der Altstadt verlaufe ich mich, verwechsele zwei Straßen miteinander und verpasse den Bus, der uns abholen sollte. Ich folge dem Megaphonruf eines Muezins. Es ist wie bei uns an einem warmen Herbstabend, Müßiggänger schlendern zu dem rechteckigen Geviert eines Dorfplatzes, mitten in der größten Stadt Afrikas. Hier hocken auf den ausladenden Wurzeln einer fast abgestorbenen, alten Palme alte Männer und reden leise miteinander. Zwei oder drei führen Regie, die anderen quasseln wahllos dem nach, der ihnen eine Zigarette spendiert. Das Überlaufen von einer Gruppe zur anderen üben nur die ganz Jungen, Unerfahrenen. Ein kleines Backschich, ohne das hier offenbar nichts, aber auch gar nichts läuft, zeigt ihnen dann schnell den richtigen Weg. Als die Männer mich bemerken, bemächtigt sich ihrer eine ungewöhnliche, doch verhaltene Erregung. Die fleckige Wand der Moschee ist mit einem metergroßen Werbeplakat beklebt: Eine weiße, schöne, extravagante Frau ist im Begriff, eine wuchtige, geschwungene Freitreppe hinunterzurauschen, in der Hand eine Cola-Dose. In ihrem Gesicht der Ausdruck all dessen, was wir alle empfinden, aber nicht formulieren können. So viel an Verlust, Unsicherheit und Verletzbarkeit. Ob diese Menschen wirklich wissen, was sie wollen?

Viele gehen, ohne sich zu verabschieden. Manche jagen einem Phantom nach, manche verstecken sich. Viele tolle Menschen, viele Idioten. Viele liebe Menschen, viele blöde.

Hier mußt du alles, was du jemals gehört hast, vergessen. Du mußt dich genügend naiv stellen, neugierig, naiv dumm. Ein schlanker, junger Ägypter mit niedriger Stirn und zusammengezogenen Augenbrauen kommt mit mir ins Gespräch. Er heißt Sopki und bebt vor Energie. Nach einem gepielt scheuen Blickkontakt, tappende Berührungsversuche. Freundschaftsspiel? Beziehungsprobleme? Eine Allerweltssymbolik? Das hier sei seine gemütliche, feierabendliche Hölle. Auch hier gebe es bereits die Zerstörung der Sinnlichkeit. Sein Freund Roman habe auf dem Bazar von frischgemahlenen Gewürzen genascht und sei zum Heiland, zum Messias, geworden. Um die sieben mageren Jahre zu überwinden, brauche man keinen Joseph mehr, dafür habe man ja den Staudamm! Versalzungsgefahr, Rattengefahr? Ach was! Es gebe doch schließlich Bayer Leverkusen. Ob noch Krokodile im Nil seien, wisse er nicht. Was fehlt, sei die staatstragende Mittelschicht! Das und nichts anderes sei das Problem seines Landes. Auf der einen Seite Milliardäre und auf der anderen die vielen armen Leute, die von einer dünnen Bohnensuppe leben müssen. Ich spendiere Sopki einen Malventee, und er schenkt mir zum Abschied einen Skarabäus, den Glücksbringer, den Mistkäfer.

Im Taxi zurück zum Vue du Pyramide verfolgen mich Cleopatra, die Ptolomäer, die schlechten Gewohnheiten der Pharaonen, die an den Statuen ihrer Vorgänger die Kartuschen und Namen änderten, weil sie zu faul waren, eigene zu machen.

Ägypten hat heute 45 Millionen Einwohner, vor 100 Jahren waren es nur 10% davon, im Alten Ägypten waren es vermutlich nur 1 Million. Obwohl die Ägypter noch sehr von allen möglichen Infektionskrankheiten, wie dem Trachom (einer Augenkrankheit), der Bilharziose (dabei gelangen Saugwürmer mit einer Wasserschnecke als Zwischenwirt in den Endwirt Mensch), Malaria, Tuberkulose, gebeutelt werden, sinkt die Sterblichkeitsrate rapide. Und von Empfängnisverhütung will man nicht allzuviel wissen. Es gibt Dinge, die sind unabänderlich. Viele bringen nicht den Mut auf, Entscheidungen zu fällen, vielen gelingt es nie, sich freizuschwimmen.

Im Morgendunst die Pyramiden von Gizeh.

Nein, Gott würfelt nicht: In allem ist eine ungeheure Ordnung. Papyrus und Lotus, Biene und Binse. Ein kleines Gassenmädchen nimmt mich an der Hand, zeigt mir die Sphinx und sieht mich mit seinen großen schwarzen Augen an, als erwarte es, daß ich alles mit ihm teile, was mir am liebsten ist. Das Kind blickt mich an, als kenne es alle meine Geheimnisse.

Dann endlich ist es so weit, ich stehe unversehens staunend und überwältigt vor den Pyramiden, den ,,Bauten, wovor sogar die Zeit sich fürchtet.'' Zum Greifen nahe und noch viel größer und ehrfurchtgebietender ragen die Dreiecke aus dem goldgelben Wüstensand in den blauen, klaren Himmel, um uns noch heute nach viertausend Jahren die Allgegenwart der Gott-Könige vor Augen zu führen. Die Geburt der menschlichen Baukunst, die Offenbarung der Seele Ägyptens: Hier in Gizeh sind es die Grabmäler von drei Königen der vierten Dynastie, die zwischen 2600 und 2500 vor Christi erbaut wurden: Cheops, Chephren, Mykerinos. Davor noch drei kleine Königinnenpyramiden.

Am Anfang der Baukunst stehen keine primitive Schnörkel, sondern die Reinheit der Abstraktion. Die Pyramide ist allerdings nur das Gewand der Grabanlage. Die Bestattungsräume liegen in ihrem Kern oder unterirdisch. Nach der Beisetzung des mumifizierten Königs wurde die Pyramide verschlossen, so daß niemand mehr die Grabräume betreten konnte.

Das Wunder der Pyramiden liegt in der geometrischen Genauigkeit und der Größe, die erreicht wurden, obwohl damals weder Rad noch Flaschenzug noch Eisen bekannt waren. Man weiß heute, daß die mit harten Steinwerkzeugen bearbeiteten Steinquader auf Ziehschlitten über Rampen Stufe für Stufe hochtransportiert wurden.

Die Pyramide ist weniger Monument für den Herrscher, das seinen Ruhm weitertragen sollte, als Bau, der die Kräfte aus dem Jenseits auf das Land und seine Bewohner richten sollte.

Der Bau einer Pyramide dauerte etwa 10 Jahre und wurde in der Regel zu Lebzeiten des betreffenden Pharaos durchgeführt. Die größte Pyramide ist die Cheopspyramide in Gizeh mit einer Basis von 227,50 Metern im Quadrat und einer Höhe von ursprünglich 146,6 Metern.

Nahe dem Taltempel der Chephrenpyramide der riesige Torhüter des ganzen Pyramidenfeldes, die aus Königshaupt und Löwenleib bestehende Sphinx, das Symbol des Alten Ägyptens, das Sinnbild geisterfüllter Kraft.

Auf der Rückfahrt ins Hotel die Trommelmusik des Georges Kranz. Fruchtfleisch. Feinste Nadelstiche in unsere Haut. Hieroglyphen warten auf

Vor den Tempeln riesige Königsstandbilder, hier eine Ramses-Statue in Luxor

einer Wand, daß du sie entzifferst. Ein Traum gibt Antwort auf Fragen, die du nicht gestellt hast.

Wer versucht hat, sich im alten Griechenland, in Rom, aber auch in Amerika zu orientieren und seine geistige Situation, seine Aufgabe und den Sinn seines eigenen kleinen Lebens zu erkennen, der muß nach Ägypten. Der muß auch versuchen, die 3 000 Jahre währende vorchristliche Hochkultur in ihrer Bedeutung für unsere Geschichte, Religion, Kultur, Kunst, Sprache, Schrift, für unser ganzes Leben, zu verstehen. „Wer Ägypten kennt", sagt Emma Brunner-Traut, „der kennt die andere Hälfte der Welt, der kennt den Orient mit seinem Zauber und seinem Elend, der kennt das harte Beieinander von Süß und Bitter, von paradiesischer Fülle und lebensfeindlicher Wüste, von unbarmherziger Sonnenglut und kalten Nächten, der kennt die unverlierbaren Urbilder unseres Lebens."

Unser Weg zum Flughafen führt uns an der Tribüne vorbei, auf der am 6. 10. 1981 Präsident Sadat ermordet wurde. Wir halten kurz. Wer will, kann an seinem Grab beten, stille werden oder photographieren. Wir verlängern den Gedanken und wollen die Zeit des Abschieds nicht verkürzen. Unser Weg geht weiter. Entlang den Windungen einer großen Liebe für ein Volk, für ein Land.

Wo ich leben und sterben möchte
Gran Canaria

Den besten Kuß empfängt immer der Froschkönig, vorausgesetzt, er ist einer. Dem Fasching zu Hause wollte ich entgehen, den gockelhaften Pirouetten der Narren und Narhallesen, den leeren Hosenbeinen, den Plastikgesichtern.

Zunächst scheint es, als komme ich vom Regen in die Traufe. Großer Bahnhof in Gando, dem Flughafen von Gran Canaria. Uniformierte, Blaskapelle, Fahnen und überall Maskierte. Kunstvoll angemalte Gesichter, Clowns, Hexen, Zauberer, Priester und wildes, afrikanisch anmutendes Getanze. Also auch hier Fasching.

Alkoholisierte Jugendliche gestikulieren, toben und haben dieses Flackern im Gesicht, das ihre inneren Turbuleszensen verrät. Alte Männer in dunkelgrauen Hüten haben die Schleusen ihres Selbstmitleids weit geöffnet und blicken ratlos auf die pubertäre Kraftmeierei. Die Alten haben begriffen, diese jungen Leute hier lassen sich nichts mehr sagen, sie werden nur noch ihren Launen gehorchen.

Auch die Reiseleiterin von TUI hat ein kesses Käppi auf und eine Pappnase im Gesicht. Der Empfangscocktail finde ausnahmsweise am Flughafen statt, schon jetzt müsse sie uns einiges ans Herz legen: Wertgegenstände unbedingt in den Hotelsafe. Reklamationen zwecklos, manjana. Sich nicht anrempeln lassen, niemand Feuer geben, sich von Zigeunerinnen keine Nelken für 5 Peseten verkaufen lassen — in der Zwischenzeit stibitze man uns die Scheine aus der Geldbörse. Auch die Afrikaner und Inder schummeln. Lolita, das Inseloriginal habe sich zu Weihnachten nach 58 Ehejahren scheiden lassen, trage noch jetzt Lametta im Haar. Dort, wo die Stadt am engsten ist, befindet sich ein grüner Fleck, das ist der Santa Catalina Platz. Und vor allem rechtzeitig zur Eselsafari anmelden, da nur eine beschränkte Zahl von burros zur Verfügung stehe. Der eine heiße Adenauer, eine Eselin Sophia Loren. Noch eine Warnung vor den Piratenbussen, die morgens in den Süden fahren. Nicht verpassen die Inselheilige in Teror und den Schweine-Antonio in den Bergen, die lebhafte Triana, das Pueblo Espanol und das Casa Colon. Salute.

Ein drahtiger Neger hält einer älteren Dame die Schwingtür auf. Im Glas der Gebäudefassade spiegeln sich nackte Schaufensterpuppen, die gerade von einem Transporter entladen werden. Nur nicht über die Schulter zurücksehen. Eine Zeitlang stehe ich da an der gleichen Stelle — der Flughafenlautsprecher begrüßt die Angekommenen auf den „Inseln der Glückseligen“, in den

„Gärten der Hesperiden“, auf den Resten des versunkenen Erdteils Atlantis, im Land der Guanchen —, ich stehe da an der gleichen Stelle, werde gehindert weiterzugehen. Aber dann kommt mir das Gesicht des Taxifahrers ganz nahe, und es ist gleichgültig, ob es einen Ursprung für das gibt, was man Erinnerung nennt. Jeder hat Freunde, die er kaum kennt. Manchmal haben wir den Eindruck, sie entfernten sich von uns, in Wirklichkeit sind sie uns sehr nahe.

Schon die alten Chronisten beschrieben die Kanarier als großmütige, ehrenvolle Menschen, die weder grausam noch wortbrüchig waren. Ihre außerordentliche Tapferkeit, ihre heldische Sittlichkeit und ihr Ideenreichtum imponierten den Konquisitatoren.

Vielleicht ist das alles etwas übertrieben, so wie die poetische Beschreibung, daß hier die Kinder der Liebe zwischen Feuer und Meer wohnen und daß man hier den ewige Jugend versprechenden Apfel stehlen könne. Doch ich mag die Kanarios, auch mit ihren kleinen Schwächen, die sie in unseren strengen deutschen Augen notgedrungen haben müssen.

Vielleicht haben sich diese Menschen mehr an Urtümlichem bewahrt, weil sie erst relativ spät — im 15. Jhr. durch die Spanier — europäische Kultur und katholische Kirche beigebracht bekamen.

Afrika ist nur 100 km entfernt, Europa dagegen mindestens 1000, das kann man nicht wegwischen.

Die Ureinwohner, die Guanchen, waren vermutlich eine Mischung aus Afrikanern und Berbern, die bis zu ihrer Eroberung in einer Steinzeitkultur lebten. Anthropologische Forschungen haben ein Fortbestehen der Altkanarier in der heutigen Inselbevölkerung nachgewiesen.

Bevor die Spanier im 15. Jhr. endgültig zuschlugen, machten die Ureinwohner der Kanaren schon andere unliebsame Bekanntschaft mit den Segnungen der europäischen Kultur. Genuesische, portugiesische und mallorquinische Seefahrer fingen die Guanchen ein und erzielten für die großen blonden Menschen einen günstigen Preis auf den Sklavenmärkten Europas.

Der ewige Frühling Gran Canarias wird durch die Passatwinde und den Golfstrom garantiert. Sind auch die Wälder dem Raubbau früherer Jahrhunderte erbarmungslos zum Opfer gefallen, so beschert uns das milde Klima doch eine zauberhafte Flora. Tod und Leben sind hier enger verschlungen als irgendwo anders. Aus der erstarrten Lavaglut ranken sich exotische Pflanzen. Ich kenne kein Fleckchen der Erde, wo sich der Mensch so intensiv mit der Natur identifizieren kann wie hier. Und das regt die körperlichen und geistigen Kräfte zu einem hochgestimmten Lebensgefühl an.

Der Drachenbaum, der Charakterbaum der kanarischen Inseln, wirkt archaisch und gehört zu den Liliengewächsen. Die kanarischen Lorbeer-, Eukalyptus- und Gummibäume, Avocadobäume, die verschiedenen Palmenarten, Agaven, Tulpenbäume, Feuerakazie, Bougainvillea, Weihnachtssterne, Strelizien geben den Gärten und alten Mauern ein märchenhaftes, fantastisches Bild.

In den letzten Jahren ist es den Canarios gelungen, das Hauptproblem, die Wasserknappheit, etwas besser in den Griff zu bekommen. Aus Meerwasser, den Wolken und dem Tau wird durch ausgeklügelte Verfahren Süßwasser gewonnen. Dadurch können die Bauern dreimal im Jahr ernten. Gemüse, Obst, Bananen, Tomaten, Kartoffeln.

Wer nach Gran Canaria fliegt, weiß, was er tut, besonders, wenn er es immer wieder tut. Oft ist es erst eine Liebe auf den zweiten Blick, aber wer hinter die Klischees geblickt hat, die die Inseln bekannt gemacht haben, der bleibt ihnen treu. Vorausgesetzt, er hat nicht die Hotel-Gettos und die hoffnungslos deutsch-überfüllten Strände erwischt, wo es Sauerkraut und Filterkaffee gibt.

Hier kann man noch, einfacher als sonst, einen persönlichen, unvorgefertigten Urlaub genießen, gar nicht weit abseits der ausgetretenen Touristenstraßen. Hier kann man sich wirklich noch Urlaubstage erarbeiten, ersehen, erfühlen. Diese Seidenluft und dieses durchsichtige Licht, das die Kanaren-Kenner immer wieder süchtig macht, habe ich bisher nur in Kalifornien so ähnlich erlebt. Hier ist nicht „das Ende der Welt", wie man zu Ptolemäus' Zeiten sagte, als man den Null-Meridian über der Punta de Orchilla an der Südwestspitze von Hierro zog. Hier ist der Beginn eines anderen, ursprünglicheren Lebens. Man vergißt und versinkt. Man beobachtet die Wolkenspiele, die märchenhaften Schwefelfarben der Erde, man beobachtet die Gelassenheit der Alten und die Unbekümmertheit der Kinder und empfindet das, was wohl das Wort Glück beschreiben soll. Du suchst das Unmögliche, das Lächeln, das zurückbleibt. Mit geschlossenen Augen erhoffst du das Unerwartete und empfängst es. Weil du jetzt eher an einer Eingrenzung als an einer Verallgemeinerung interessiert bist.

Vielleicht spürst Du, mein Lieber, daß hier meine Worte an eine Grenze stoßen, daß es mir nicht gelingen kann, das, was ich hier empfinde, Dir wirklich mitzuteilen. Das Wort Realität verschwimmt vor meinen Augen. Ich komme mir vor, wie ein Hungerkünstler, der sich nicht satt hungern kann. Manchmal verspricht uns die Sprache, Zugang zu den Bildern wiederzugeben.

Aber Wörter sind nur provisorisches Füllsel. Man hat zwar den Eindruck, man könne diese Grenze überqueren. Aber das eine kann nicht der Ursprung des anderen sein.

Wollen wir nicht weiter philosophieren, wenden wir uns wieder dem Tag der Ankunft zu. Das Taxi bringt mich durch eine häßliche, karge Landschaft, die mit zerfallenen Blechbuden, vergammelten Industrieanlagen und einigen mit Cellophan überzogenen Tomatenfeldern gespickt ist, nach Las Palmas. Die Küstenstraße entlang, vorbei an der Altstadt mit ihrer eigenwilligen Kathedrale, am Hafen vorbei, wo die Walfischpötte aus den entlegensten Ländern — Korea, China, Japan — liegen. Durch die mir so vertraute Straße Louis Morote mit den vom Wind zerfransten Palmen und die Avenida de 29. Avril (weil an diesem Tag 1483 die Kanarier offiziell kapitulierten, nachdem die Spanier ein fürchterliches Blutbad unter den Einheimischen anrichteten) bis zur luxuriösen Auffahrt zum Reina Isabell. In der Hotelhalle erwartet mich bereits ein alter Bekannter, Don Alfonso Fernández, den ich vor Jahren kennen und schätzen lernte. Ich muß mich schnell frisch machen und gleich mit ihm in sein prachtvolles Landhaus nach Arucas mitkommen.

Don Alfonso Fernández hat einen kleinen Verlag in Las Palmas, in dem er völkerkundliche Schriften, meist wissenschaftliche Arbeiten, herausgibt. In seinem betagten Peugeot kurvt er die steilen Hänge hoch, zeigt mir beiläufig seltene Pflanzen, die gerade blühen, bremst vor Hühnern und Hunden und grüßt freundlich die Bauern und Straßenarbeiter. Dann fasziniert mich wieder die Einfahrt zu seinem schloßähnlichen Domizil. Unter alten Bäumen eine gepflegte Gartenanlage mit rotblühendem Hibiskus und den violetten Hochblättern der Bougainvillea, Passionsblumen, Feuerbegonien. Natürlich hat er auch eine Würgerfeige, Bananenstauden und einen Drachenbaum. Sein Stolz aber sind die Riesenopuntien, auf denen er die Cochinelle-Schildlaus züchtet. Sein Hobby. Aus Mexiko hatten die Eroberer einst diese Kaktusart — es sind unsere Lappohren — mitgebracht, um die Cochinelle-Laus wegen ihres Farbstoffs zu züchten. Als ich ihn das erste Mal besuchte, zeigte er mir die dicken, rundlichen Tierchen mit dem quergestellten Leib, dem kegelförmigen Kopf und dem fadenförmigen Rüssel. D.A.F. gewinnt daraus die karminrote Farbe für die französische Lippenstiftindustrie. Früher wurden damit auch die persischen Teppiche gefärbt.

Freudig wird D.A.F. dann von seiner Dogge Senta begrüßt, ein selten schönes, dunkelgraues, großes Tier mit intelligenten Augen. Hinter ihr erscheint ein hohlwangiger junger Mann mit stechenden

Augen. D.A.F. stellt ihn mir als einen seiner Autoren vor, José Luis Concepción, der gerade ein Buch über die Lebensweise und den Ursprung der Guanchen geschrieben hat. José hat eine schöne, melodische Stimme, stammt von der kleinen Insel La Palma und hat in England Sprachen studiert. Mit seinem ersten Buch über die Eroberung der kanarischen Inseln durch die Spanier erzielte er einen Verkaufsrekord und wird deshalb von D.A.F. mit erlesener Höflichkeit behandelt. „Unsere Sprache ist zwar verschwunden", sagt José, „auch unsere Kultur und unser sozial-politisches System, — geblieben sind die Menschen." Er schreibe nicht für die Gelehrten oder die Touristen, sondern für die einfachen Menschen seiner Heimat.

Dann muß ich noch der braven Haushälterin Maria Dolores de la Fe die Hand schütteln. Sie bereitet uns ein erfrischendes Feigengetränk und zeigt stolz auf ihren Sohn, der jetzt 15 geworden ist und von D.A.F. als Gärtner angestellt wurde.

Es ist alles in Ordnung hier oben. Der Vertrag mit der Firgas-Quelle wurde verlängert, damit ist Wasser für die nächsten 10 Jahre garantiert. Der Blick über Las Palmas und den Atlantik ist unbeschreiblich, und ich frage mich, wie immer, wenn ich hierherkomme, wieso ich es so lange in dem naßkalten Deutschland aushalten konnte. Der junge Gärtner und José zeigen mir ihre Lieblinge in dem Paradiesgarten. Mayos, Papayas, Avocados, einen bizarren Magnolienbaum, die verschiedenen Palmenarten und die vielen hundert Blüten der meterhohen Kamelie.

Wir sitzen auf der Terrasse, ein guter alter Bekannter, Hans-Dieter Eggert, ein Aussteiger aus Wiesbaden, der seit 15 Jahren hier lebt, hat sich zu uns auf die Terrasse gesetzt, hat einen selbstgebrannten Agavenschnaps mitgebracht, fährt sich mit der Zunge über die Lippen und sagt: „Schmeckt Ihr 's ?“ Und wie aus einem Munde kommt das Wort „Schirokko“. Ja, ich kann diesen heißen, sandbeladenen Wind aus der Sahara jetzt auch schmecken. Eigenartig nach Backpulver und Schwefel riecht und schmeckt dieses Zeug, das jetzt drei, vier Tage auf Tischen, Bänken, Autos und Geländern eine rotgelbe Staubschicht hinterlassen wird.

Die Sicht ist trotzdem gut, wir können von hier den Gipfel des schneebedeckten Tejde auf Teneriffa sehen. Unter uns die steilen, tief zerfurchten Schluchten, die Barrancas. Die Musik, die an unser Ohr dringt, ist halb geträumt, doch klar umrissen. Eine völlig neue Sprache müßte erfunden werden. Die Dogge Senta legt ihren edlen Kopf auf meine Knie und blickt mich mit ihren klugen, ruhigen Augen allwissend an.

Die Felsen der Küste bewegen sich, wie um die gleitende Bewegung des Meeres fortzusetzen. Jeder trägt das Unmögliche in sich. Die Wirklichkeit, die es nicht gibt. Wer den Regenbogen zerstört, kann nicht auf ihm tanzen. Hier brauchst du nur die Augen zu öffnen und es wachsen die schönsten Gedichte.

Auch abends auf dem Weg zur Kathedrale Santa Ana in der Vegueta führen die Stufen nicht ins Wasser. Man kann auch hier die Welt nicht ins Reine bringen.

Viele sind von einem quälenden Freiheitsdrang und Wissensdurst ergriffen, andere tragen eine mir fremde Wunschlosigkeit vor sich her. Aber hier gibt es offenbar keine Väter der Null-Bock-Generation, die sich über die Hindernisse der Trimm-Dich-Pfade mogeln. Keine Weichmacher in Beweisnot, keine Ritterkreuzträger, die ans Eingemachte gehen. Wohl ab und zu eine Eiserne Lady und einen Superman.

Wuchtig erhebt sich vor uns hoch über den weißgetünchten Häusern der Bau aus grauem, fast schwarzem Basalt, im gotischen Stil 1497 begonnen, später barock verschnörkelt, viele Stilbrüche, die aber nicht wehe tun. Ein Lift führt in einen der beiden Türme. Davor gutmütige in Bronze gegossene kanarische Hunde.

Ein paar Schritte weiter das Casa de Colon, die ehemalige Residenz der Gouverneure und Aufenthaltsort von Christoph Kolumbus auf seinen Reisen in die Neue Welt, die er für Indien hielt. Es ist eines der ältesten und schönsten Häuser von Las Palmas. Holzgeschnitzte Balkone im altkanarischen Stil, Stuckportale, mit Palmen, Blumen — und den seit Jahrzehnten unverändert schrill zeternden Papageien — geschmückte Patios. Im Innern sehenswerte Deckentäfelungen, alte Möbel, Gemälde, Dokumente.

Und dann um die Ecke das altmodische, auf den ersten Blick fast abstoßende Museo Canario. Aber es enthält die vollständigste Sammlung über die Lebensweise der Guanchen. Zu Dutzenden, oft Hunderten nebeneinandergereiht gleiche oder ähnliche Gegenstände, Vasen, Krüge, Halsbänder, Knochen, Kopfschmuck. Dicht übereinandergestapelt in zwei Sälen Skelette und Schädel früherer Kanaren. Ja sicher, auf den ersten Blick erkennst du die frappierende Verwandtschaft zu dem Cromagnon-Menschen, der gewaltige Oberkiefer, die fliehende Stirn, der kleine Hirnschädel.

Wie feuchte Watte umhüllt uns jetzt am Abend der Schirokko, gibt uns Wärme und trotz Sand die belebende Frische vom Meer her. Die typische kanarische Grundstimmung, Gottvertrauen, eine erregte Fröhlichkeit und eine unbesorgte Freude, durchdrängt uns. Die kanarische Luft macht frisch und leicht, stachelt Atmung und Kreislauf an, läßt uns unsere Haut wohlig spüren, läßt uns durch die verwinkelten Straßen tanzen, fliegen. Wir empfinden eine ungeheure Lust in unseren Körpern.

Morgen werden mich Don Alfonso und José übers Land fahren. In Telde wollen wir uns die restaurierte Kirche San Juan ansehen. Sie birgt das kostbarste Kunstwerk der Insel, einen flämisch-gotischen Schnitzaltar aus dem 15. Jahrhundert und eine lebensgroße Christusstatue aus Maiskolbenmark. Nach Teror müsse ich auch unbedingt einmal wieder, um die Basilika zu Ehren der Virgen del Pino, der Schutzheiligen der Insel, zu bewundern. Und wo es mich immer wieder hinzieht, zu den Cenóbio de Valerón, den 300 Guanchen-Höhlen in mehreren Stockwerken. Ja, auch zum Windhunderennen, aber bitte nicht zu den Hahnenkämpfen!

Man kommt hier an wie ein ausgetrockneter Schwamm und spürt schon am ersten Abend, wie man sich langsam mit Leben, mit wirklichem Leben, mit Farben, Bewegung, Gefühl und Phantasie vollsaugen wird.

Wir essen einige Kleinigkeiten in „der Metzgerei", einem dieser urigen, gekachelten tapas in der Altstadt, papas con ajo, verschiedene Schinken, Ziegenkäse und probieren in kleinen Schlucken die starken Weine von Hierro und Gomera.

Es zieht uns wieder zurück zur Plaza Catalina. Dort sitzen wir unter Palmen auf abgewetzten Plastikstühlen, lassen uns von den einfachen Tänzen und Liedern der Kostümierten einlullen, auch mal erschrecken. Einzelstimmen oder wechselnde Stimmen von Männern und Frauen, die sich gegenseitig die Worte stibitzen. Auch im Karneval geht das Eigenartige der bodenständigen Tänze, wie des tajaraste oder des sirinoque nicht verloren. Mit einfachen Tamburinen, Gitarren und Mandolinen schlagen die Tänzer einen langsamen, monotonen Rhythmus. Der bucklige, zeitlose Schuhputzer Fuente läßt sich zu unseren Füßen nieder. Er weiß, daß wir ihn nicht wegschicken.

Don Alfonso winkt Lolita zu uns an den Tisch, bestellt ihr einen monte, den einheimischen Landwein, einen Teller churros, in Öl gebackene Teigringel, und eine puro, eine kanarische Zigarre. „Lieber auffallend häßlich als nichtssagend schön", schmunzelt Herr Eggert. Die ausgeleierte Plaudertasche ist zufrieden und läßt ihre proletarische Herkunft ungeniert aus dem zahnlosen Mundwerk heraushängen. Der faltige, aber immer noch freche Busen platzt ihr aus den Nähten. Die beiden Spanier machen ihr artige Komplimente, die sie gelassen wie eine Dame von Welt einsteckt. Lange bevor es andere riechen, schnuppere sie, woher der nächste Wind wehe. Sie spüre immer, was unmittelbar bevorstehe. Ja, sie habe alle modischen Torheiten hier auf der Insel eingeführt. Das Chaos sei ihr Programm gewesen, und noch jetzt liebe sie die hochtourigen Aktionen. „Sie ist tatsächlich ihrer Epoche denkend und handelnd voraus", sagt José, halb im Ernst, halb im Spaß. Was ist schon normal? Eine gesellschaftlich akzeptierte Neurose!

Lolita bekommt noch einen Wein, schlägt sich auf die schwabbeligen Oberschenkel und tanzt drei Runden mit einem jungen Bübchen, dessen Kameraden sich halb totlachen. Die verwitterte alte Hexe kommt außer Atem, gurrt uns an und macht zweideutige Handbewegungen. Vor 20 Jahren besaß sie ein florierendes Bordell am Hafen. Die Frau ist eine Zumutung, ein regelrechtes Psycho-Trampel. Aber originell. Dann verrät sie uns mit leiser, heißerer Stimme ein Geheimnis. Man merke es nicht gleich, aber die Frauen seien hier so verrückt wie anderswo auch. Können sie dich nicht besitzen, übersetzt Alfonso, wollen sie dich wenigstens umbringen, geht das nicht, so drohen sie mit Selbstmord. Die Tricks und Intrigen sind überall die gleichen. — Woher sie das weiß, wo sie doch nie in ihrem fast 80jährigen Leben die Insel verlassen hat. Sie weiß es eben. Wer in Las Palmas sein Leben verbracht hat, hat nichts versäumt, wenn er den Rest der Welt nicht gesehen hat.

Nicht gesehen habe ich hier Chaoten und sich mit ihnen prügelnde Ordnungskräfte. Keine Friedenszüge, keine fahrerfluchtbegehende Faschisten. Keine Flöhe, keine Leichenredner, keinen Cadillac. Keinen Wackelpudding, keinen Hackepeter, keine Stripperin. Kein Schwein, das an der Friedhofsmauer grunzt, nicht wissend, was es sucht. Die Deutschen, die hier leben, sind keine Spießer, die ihre Autos mit Schwamm und Seife bespringen.

Die Menschen und ihr Traum vom anderen Leben. Jesus verschenkt sich: Auferstehung. Gott holt den Tod herein in sein eigenes Leben. Jesus löst sein Versprechen ein. Der Traum vom anderen Leben hört auf, nur ein Traum zu sein. Wenn es schon sein muß, daß dieses Leben durch den Tod beendet wird, dann hier in Gran Canaria, in Frieden, im Anblick des Meeres, unter einfachen Menschen.

Liebe für die Ewigkeit

Renate Axt

Und wenn du weinst, hört man es nicht

208 Seiten, Ganzleinen

Was erwartet den Leser hinter diesem Titel? Ein „Knastbuch", ein „Frauenbuch". Ja und nein. Fast alles, was wir erfahren, handelt von Frauen, fast alles erfahren wir im „Knast". Doch nur einmal taucht die Frage auf, ob nicht „das System" ungerecht sei. Die Frage bleibt offen, Mensch und „System" berühren einander schließlich und punktweise, sie werden nie deckungsgleich. Das Buch ist kein zurechtfrisiertes „ideologisches Glaubensbekenntnis", es ist ein Mosaik aus gescheiterten menschlichen Versuchen „normal" zu leben. Es ist vor uns ausgebreitetes Versagen, Stolpern, Fallen, Aufstehn, Mühen und Hoffen. Es ist ein ganz und gar menschliches Buch, so sehr, daß es uns, deren Scheitern und Versagen minderen Ausmaßes, oder so gelagert ist, daß es uns nicht mit den Gesetzen in Konflikt bringt, anrührt, aufrüttelt, erschüttert und manchmal tröstet.
Renate Axt gibt mitgeteiltes Leid wieder. Ein Teil dieses Leids ist Angst vor dem Frei-Sein „draußen", außerhalb der Gefängnismauern, Angst vor dem Ich, das wieder straucheln könnte. Zu der Angst vor dem „Draußen" wäre viel zu sagen. Die *Anklage* gegen das „Draußen" klingt an. Liebe und Geduld ist nicht genug. Labilität braucht Stützen. Mit der Ausrufung der „totalen Freiheit" haben wir die Stützen niedergerissen. Die Konflikte der straffällig Gewordenen sind allerdings auch Konflikte mit den Möglichkeiten des Wohlstandes. Betroffen lesen wir von der Hoffnung der Eingekerkerten, trotz allem einen neuen Anfang zu wagen, ein neues Leben „draußen". Das Buch endet mit dem Satz: „Ein Scheitern ist noch kein Untergang. Wir geben nicht auf". Am Ende *dieses* Buches ein großartiger Satz. Das ein oder andere Schicksal wird ihn rechtfertigen.

Lisa Stromszky/DER LITERAT

MORSTADT VERLAG KEHL STRASBOURG BASEL

Jean Egen

Die Linden von Lautenbach

Roman

Umschlaggestaltung Celestino Piatti

336 Seiten, Ganzleinen

„. . . In diesem autobiographischen Roman erzählt der Elsässer Autor, Jahrgang 1920, die Geschichte seiner Kindheit und Jugend, eingebunden in die Geschichte seiner Familie, die zwischen Frankreich und Deutschland gelebt hat, wie es elsässisches Schicksal in der ersten Hälfte unseres Jahrhunderts gewesen ist. Es ist zugleich eine Geschichte des Elsaß, gesehen mit den Augen eines Kindes. Sie reicht zurück in Zeiten, in denen die Selbstbehauptung der Elsässer in Frage gestellt wurde. Sie endet in einem „Requiem" auf die Opfer, die von der Familie im Zweiten Weltkrieg gebracht werden mußten. Egen versteht es, seine eigene Kindheit so farbenfroh zu rekonstruieren, daß man in dem Kind jenes Land wiedererkennt, dessen Kultur und Psychologie einzigartig ist. Es ist eine Mischkultur, in der alemannisches Wesen sich mit französischem Esprit verbindet und in deutscher Romantik ausdrückt. Der Verfasser versucht zu erklären, wie das alles entstanden ist und sich bis heute fortsetzt, da die deutsch-französische Freundschaft alles überdeckt, was einmal gewesen ist. In dem Buch werden die Höhen der Vogesen lebendig, die dunklen, tiefeingeschnittenen Täler, das flache Land bis zum Ufer des Rheins mit seinen Dörfern, von denen Lautenbach nur eines von vielen ist.

Egens sprachliche Brillanz ist aus dem Französischen auch ins Deutsche übergegangen. Die zupackende, oft humorvolle Ausdruckskraft bewegt und rührt, ohne Sentimentalität hervorzurufen. Gewürzt ist das Buch zusätzlich durch die Beschreibung der Trink- und Essensgewohnheiten der Elsässer, durch die präzise Darstellung der bodenständigen Speisen, von denen das Sauerkraut ja seine besondere Rolle spielt, der Käse aus Münster, die Weinsorten nicht zu vergessen. Egen schreibt darüber mit der eleganten Feder des Romanisten, es ist, als würde durch sie alles Deutsche, was es dort gibt, strahlender, es leuchtet. . ."

Wolfgang Paul / Berliner Morgenpost

MORSTADT VERLAG KEHL STRASBOURG BASEL

Heiner Flaig

Ausverkauf im Paradies

Roman

208 Seiten, Ganzleinen

Das „Paradies", ein noch mittelalterliches Viertel einer Stadt, soll abgerissen und in ein modernes „Einkaufs-Paradies" umgewandelt werden. Ohnmächtig erleben die Bewohner die anscheinend unabwendbare Bedrohung. Eine Gruppe von „Machern" — ein Baufinanzier, Beamte und Politiker — verfolgen rücksichtslos ihr Ziel. Widerstand von seiten der Paradiesler, die seit Generationen mit ihrem Quartier verwachsen sind, scheint aussichtslos.
„Wieder eine städtische Idylle weniger" wird man achselzuckend bemerken. Das Thema des zeitkritischen Romans ist lästig, es nervt. Der Leser findet sich plötzlich selbst miteinbezogen in den „Ausverkauf", auch er bedauert die fortschreitende Zerstörung unserer Umwelt und nimmt in vollen Zügen die Annehmlichkeiten und Verlockungen unseres Wohlstands wahr.
Bildhaft und farbig schildert Heiner Flaig die unverwechselbaren Gestalten und Charaktere, Schicksale und Geschichten: Zukker und Anna, ihre Nachbarn, die Herrenstube, die Kirche, der Baulöwe Dr. Cerny und der Stadtbaudirektor, die schließlich über eine Bestechungsaffäre stolpern. Und Klara, eine junge, alleinlebende Frau, die aus einer Phase fruchtloser „Selbstverwirklichung" ausbricht und mit ihrem Beitrag zur Rettung des Paradieses zu sich selbst findet.
Heiner Flaig, Jahrgang 1928, begann erst spät mit dem Schreiben, obwohl er einen schreibenden Beruf vor sich sah, als er in München Zeitungs- und Theaterwissenschaft studierte, aber das Studium bald abbrach. Gut drei Jahrzehnte arbeitete er als Manager für Public Relations, Werbung und Gestaltung im In- und Ausland. Der zweite Anlauf zum Schreiben gelang: seit 1978 lebt Heiner Flaig als freier Schriftsteller in Baden-Baden.

MORSTADT VERLAG KEHL STRASBOURG BASEL

Ekkehart Rudolph

Zwangsweg

Roman

344 Seiten, Ganzleinen

„Zwangsweg“ ist ein Roman aus dem geteilten Deutschland. Die Handlung spielt 1959 in der DDR. Es ist das Jahr der Berlinkrise. Noch gibt es keine Mauer, zu Tausenden flüchten die Menschen aus der DDR in den Westen. Im Mittelpunkt des Geschehens steht Hans-Jochen Worch, ein junger Universitätsassistent in Halle an der Saale. Wegen einer Bagatelle gerät er in Schwierigkeiten mit den Parteifunktionären der Universität. Sein Arbeitsvertrag wird in Frage gestellt, er denkt an Flucht. Aber als ihm sein Professor Hilfe und berufliches Weiterkommen verspricht, beschließt Worch, in der DDR zu bleiben. Er weiß, daß er sich den politischen Verhältnissen anpassen muß, doch er hofft auf vertretbare Kompromisse. Er will einen Weg finden, der zwischen seinen persönlichen Grundsätzen und den Ansprüchen von Staat und Partei verläuft. Daher der Titel „Zwangsweg“. Seeleute verwenden den Ausdruck, wenn sie ihr Schiff durch ein Minenfeld steuern müssen. Für Hans-Jochen Worch wird dieser Weg zu einem Alptraum. Er gerät in das Netz des Staatssicherheitsdienstes und damit in Zwänge, die Kompromisse nicht mehr zulassen.
Ekkehart Rudolph erzählt das in einer packenden Handlung. Doch das Buch fesselt nicht nur durch das sich zuspitzende dramatische Geschehen. Farbig und abwechslungsreich wird auch der DDR-Alltag geschildert: Der Universitätsbetrieb, Rivalitäten zwischen Kollegen, eine Liebesgeschichte. Hauptschauplatz ist Halle an der Saale, doch führt uns der Autor auch nach Jena, in den Spreewald und auf die Ostseeinsel Hiddensee: Orte und Landschaften, die hierzulande wenig bekannt sind.
„Zwangsweg“ ist ein politischer Roman. In einem individuellen Schicksal vergegenwärtigt er eine Zeit, in der sich Entwicklungen anbahnten, mit denen wir uns heute auseinandersetzen müssen.